Diogenes Taschenbuch 23062

Friedrich Dürrenmatt

Werkausgabe in siebenunddreißig Bänden

Band 22

Friedrich Dürrenmatt

Grieche sucht Griechin

Mister X macht Ferien

Nachrichten über den Stand des Zeitungswesens in der Steinzeit

Grotesken

Diogenes

Die Werkausgabe in siebenunddreißig Bänden basiert auf der zu Dürrenmatts 60. Geburtstag erschienenen und von ihm in Zusammenarbeit mit Thomas Bodmer herausgegebenen Werkausgabe in neunundzwanzig Bänden 1980. Diese wurde durch die seit 1981 bis zu Dürrenmatts Tod 1990 in Buchform erschienenen bzw. von ihm noch für die Publikation vorbereiteten Einzelbände analog und innerhalb der Gattungen chronologisch fortgeführt sowie um die seit 1991 in Buchform erschienenen Werke aus dem Nachlaß ergänzt. Das 17 Bände umfassende dramatische Werk der Werkausgabe 1980 wurde um einen 18. Band ergänzt, das 12 Bände umfassende erzählerische und essayistische Werk der Werkausgabe 1980 um 5 Bände erzählerische Prosa (Bände 25 bis 29) sowie um einen Band Essays (Band 36) und einen Nachlaßband (Band 37). Sämtliche Bände wurden für diese Ausgabe durchgesehen. Druckfehler wurden stillschweigend korrigiert, sonstige Veränderungen nachgewiesen. Nach Möglichkeit wurden die schon in der Werkausgabe 1980 erschienenen Bände seitengleich übernommen.
Nachweis zur Publikationsgeschichte sowie zur Textgrundlage von Ulrich Weber und Anna von Planta am Schluß des Bandes.
Umschlag: Detail aus ›Richard Löwenherz verführt Lady Faulconbridge (König Johann)‹ (1968) von Friedrich Dürrenmatt.

www.diogenes.ch
20/11/8/3
ISBN 978 3 257 23062 8

Inhalt

Grieche sucht Griechin

Eine Prosakomödie

1955 [1954–55/1980]

I

Es regnete stundenlang, nächtelang, tagelang, wochenlang. Die Straßen, die Avenuen, die Boulevards glänzten vor Nässe, den Gehsteigen entlang flossen Rinnsale, Bäche, kleinere Flüsse, die Automobile schwammen herum, die Menschen gingen unter Schirmen, waren in Mäntel gehüllt, liefen mit nassen Schuhen und immer feuchten Strümpfen, die Riesen, Putten und Aphroditen, die teils die Balkone der Palais und Hotels trugen, teils sonst an den Fassaden klebten, troffen, tropften, waren übergossen von Wasserfäden, von Vogelmist, der sich auflöste, und unter dem griechischen Giebel des Parlaments suchten zwischen den Beinen und Brüsten der patriotischen Reliefs die Tauben Schutz. Es war ein peinlicher Januar. Dann kam der Nebel, auch er tagelang, wochenlang, eine Grippeepidemie, nicht gerade gefährlich für anständige, sozial gesicherte Leute, zwar einige alte Erbonkel und Erbtanten dahinraffend, einige ehrwürdige Staatsmänner, doch sonst nur massenhaft die Vagabunden unter den Brücken am Strom. Dazwischen wieder Regen. Immer wieder.

Er hieß Arnolph Archilochos, und Madame Bieler meinte hinter ihrer Theke: »Der arme Junge. So kann man doch nicht heißen. Auguste, bring ihm noch ein Glas Milch.«

Und sonntags sagte sie: »Bring ihm noch ein Perrier.«

Auguste dagegen, ihr Mann, schmächtig, der Sieger einer legendären Tour de Suisse und der Zweite einer noch legendäreren Tour de France, der im Radfahrerkostüm bediente, in seinem Maillot jaune (sammelte sich doch so ein kleines Publikum von Radsportfreunden), war damit nicht einverstanden. »Deine Liebe, Georgette«, meinte er etwa am Morgen, wenn er aufstand, oder im Bett, oder hinter dem Ofen, wenn sich alles verzogen hatte und er seine dünnen haarigen Beine wärmen konnte, »deine Liebe zu Herrn Archilochos kapiere ich nicht. Ist doch kein Kerl, ist doch ein verklemmter Mensch. Man kann doch nicht sein Leben lang nichts als Milch und Mineralwasser trinken!«

»Auch du hast einmal nichts anderes getrunken«, antwortete dann Georgette mit ihrer tiefen Stimme, indem sie die Arme in die Hüften stemmte, oder, lag sie im Bett, auf dem Busengebirge verschränkte.

»Geb ich zu«, meinte nach langem Nachdenken Auguste Bieler, immer wieder seine Beine massierend. »Doch um die Tour de Suisse zu gewinnen, und ich habe sie gewonnen, bei *so* hohen Pässen, und beinahe die Tour de France. Da hat der Abstinentismus noch einen Sinn. Aber der Herr Archilochos? Nicht einmal bei einer Frau schlief er je. Dabei ist er fünfundvierzig.«

Das letzte ärgerte Madame Bieler auch, und sie wurde stets verlegen, wenn Auguste in seinem Radfahrerkostüm oder im Bett darauf zu sprechen kam. Überhaupt war nicht zu leugnen, daß Monsieur Arnolph, wie sie Archilochos nannte, gewisse Prinzipien hatte. Rauchen zum Beispiel tat er auch nicht. Fluchen kam noch weniger in Frage. Georgette konnte sich ihn ferner nicht im Nachthemd vorstellen, oder gar nackt, so korrekt, so immer angezogen, wenn auch ärmlich, wirkte er.

Seine Welt war gefestigt, pünktlich, sittlich, hierarchisch. Zu oberst, an der Spitze dieser Ordnung, dieses sittlichen Weltgebäudes, thronte der Staatspräsident.

»Glauben Sie mir, Madame Bieler«, konnte Archilochos etwa sagen, indem er ehrfürchtig nach dem Bild des Staatspräsidenten im Edelweißrahmen starrte, das über den aufgestapelten Schnaps- und Likörflaschen hinter der Theke hing, »glauben Sie mir, unser Staatspräsident ist ein nüchterner Mann, ein Philosoph, ein Heiliger beinah. Raucht nicht, trinkt nicht, ist schon seit dreißig Jahren Witwer, hat keine Kinder. Sie können es in den Zeitungen lesen.«

Madame Bieler wagte nicht so ohne weiteres zu widersprechen. Vor dem Staatspräsidenten hatte auch sie, wie alle in diesem Lande, ein wenig Respekt, war er doch der einzige ruhende Pol im politischen Hin und Her, in der vorüberziehenden Folge der Regierungen, wenn ihr auch ein solcher Ausbund an Tugend unheimlich vorkam. Lieber wollte sie es nicht glauben.

»In den Zeitungen steht's«, meinte Georgette daher zögernd. »Gewiß. Doch wie es in Wirklichkeit ist, weiß kein Mensch. Die Zeitungen lügen, sagt jeder.«

Das sei ein Irrtum, antwortete Archilochos, die Welt sei im Grunde sittlich, und trank feierlich und gemessen Perrier, als wäre es Champagner.

»Auch Auguste glaubt an die Zeitungen.«

»Nein«, sagte Georgette. »Das weiß ich besser. Auguste glaubt den Zeitungen kein Wort.«

»Nun, glaubt er etwa nicht an die Sportresultate, die in den Zeitungen stehen?«

Dagegen wußte Madame Bieler nichts einzuwenden.

»Tugend ist sichtbar«, fuhr Archilochos fort und reinigte seine randlose, verbogene Brille. »Sie leuchtet auf diesem Gesicht und leuchtet auf dem Gesicht meines Bischofs.«

Damit wandte er sich dem Bildnis zu, das über der Türe hing.

Der Bischof sei etwas sehr dick, protestierte Madame Bieler, der könne doch einfach nicht so tugendhaft sein.

Archilochos war in seinem Glauben nicht zu erschüttern.

»Seine Natur«, entgegnete er. »Wenn er nicht tugendhaft, philosophisch leben würde, wäre er noch dicker. Sehen Sie dagegen Fahrcks an. Wie unbeherrscht, wie unmäßig, wie hochmütig. Sündig in jeder Beziehung. Und eitel.«

Er wies mit dem Daumen über seine rechte Schulter nach dem Bild des berüchtigten Revolutionärs.

Madame Bieler blieb hartnäckig. »Eitel kann man doch nicht sagen«, stellte sie fest, »bei diesem Schnauz und bei diesen wilden Haaren. Und mit seinem sozialen Mitgefühl.«

Das sei nur eine besondere Art der Eitelkeit, behauptete Arnolph.

»Mir unverständlich, daß dieser Verführer hier hängt. Kam doch eben aus dem Gefängnis.«

»Oh, man kann nie wissen«, sagte dann jedesmal Madame Bieler und trank in einem Zug ein Glas Campari aus. »Man kann nie wissen. Auch in der Politik muß man vorsichtig sein.«

Der Bischof, um uns wieder seinem Bildnis zuzuwenden – jenes von Fahrcks hing an der gegenüberliegenden

Wand –, dieser Bischof war Nummer zwei in der abgestuften Welt des Herrn Archilochos. Es war kein katholischer Bischof, obgleich Madame Bieler in ihrer Art eine gute Katholikin war, die in die Kirche ging – wenn sie einmal ging –, inbrünstig zu weinen (doch ebenso inbrünstig weinte sie im Kino); es war aber auch kein protestantischer, Auguste Bieler (Gödu Bielers Gusti), aus der deutschen Schweiz eingewandert (Großaffoltern), der erste Gigant der Landstraße, den die Eidgenossenschaft hervorbrachte (›Sport‹ vom 9. 9. 29), konnte ja keinen Bischof kennen als Zwinglianer (auch dies zwar nur auf seine Art: er hatte keine Ahnung, daß er Zwinglianer war), sondern der Bischof war das Haupt der Altneupresbyteraner der vorletzten Christen, einer vielleicht etwas ausgefallenen und unklaren Sekte, aus Amerika importiert, und er hing nur über der Türe, weil sich Archilochos, das Porträt unter dem Arm, bei Georgette vorgestellt hatte.

Vor neun Monaten. Draußen ein Maientag, große Sonnenflecke auf der Straße, schräge Strahlenbündel in der kleinen Wirtschaft, das goldene Radfahrertrikot Augustes noch einmal vergoldet, ebenso seine traurigen Rennfahrerbeine, die Haare flimmerndes Gewölk.

»Madame«, hatte Archilochos damals zaghaft gesagt, »ich bin gekommen, weil ich das Bild unseres Staatspräsidenten in Ihrem Lokal bemerke. Über der Theke, an einer dominierenden Stelle. Ich bin Patriot und beruhigt. Ich suche einen Platz für meine Mahlzeiten. Ein Heim. Aber es muß immer derselbe Platz sein, am besten in einer Ecke. Ich bin einsam, Buchhalter, lebe rechtschaffen und bin strenger Abstinenzler. Rauchen tue ich auch nicht. Fluchen kommt nicht in Frage.«

Dann hatten sie einen Preis ausgemacht.

»Madame«, hatte er darauf wieder gesagt, ihr das Bild überreicht und sie durch seine staubige kleine Brille wehmütig betrachtet, »Madame, dürfte ich bitten, diesen Bischof der Altneupresbyteraner der vorletzten Christen aufzuhängen. Am besten neben den Staatspräsidenten. Ich kann nicht mehr in einem Raume essen, wo er nicht hängt, und eben deshalb habe ich das Lokal der Heilsarmee verlassen, wo ich vorher aß. Ich verehre meinen Bischof. Er ist ein Vorbild, ein durchaus nüchterner, christlicher Mensch.«

So hing Georgette den Bischof der vorletzten Christen eben auf, zwar nur über die Türe, wo er stumm und zufrieden hing, ein Ehrenmann, nur manchmal von Auguste verleugnet, der jenen wenigen, die sich erkundigten, kurz und bündig antwortete:

»Ein Radsportfreund.«

Drei Wochen später kam Archilochos mit einem zweiten Bild. Eine Photographie. Eigenhändige Unterschrift. Sie stellte Petit-Paysan dar, den Besitzer der Maschinenfabrik Petit-Paysan. Es würde ihn freuen, sagte Archilochos, wenn ebenfalls Petit-Paysan hängen würde. Vielleicht an Stelle Fahrcksens. Es zeigte sich, daß im sittlichen Weltgebäude der Besitzer der Maschinenfabrik den dritten Platz einnahm.

Frau Georgette war dagegen.

»Petit-Paysan fabriziert Maschinengewehre«, sagte sie.

»Na und?«

»Tanks.«

»Na und?«

»Atomkanonen.«

»Sie vergessen den Petit-Paysan-Rasierapparat und die

Petit-Paysan-Geburtszange, Madame Bieler, lauter menschenfreundliche Gegenstände.«

»Monsieur Archilochos«, sagte Georgette feierlich, »ich warne Sie, sich weiter mit Petit-Paysan zu befassen.«

»Ich bin bei ihm angestellt«, antwortete Arnolph.

Georgette lachte. »Dann nützt es gar nichts«, sagte sie, »wenn Sie Milch und Mineralwasser trinken, kein Fleisch essen (Archilochos war Vegetarier) und mit keiner Frau schlafen. Petit-Paysan beliefert die Armee, und wenn die Armee beliefert ist, gibt es Krieg. Das ist immer so.«

Archilochos war damit nicht einverstanden.

»Nicht bei uns«, rief er aus. »Bei unserem Staatspräsidenten!«

»Ach der!«

Sie kenne eben das Erholungsheim für werdende Arbeitermütter nicht, fuhr Archilochos unbeirrt fort, und die Heimstätte für invalide Arbeiterväter, die Petit-Paysan errichtet habe. Petit-Paysan sei überhaupt ein sittlicher, ja geradezu ein christlicher Mensch.

Doch war Madame Bieler nicht zu bewegen, und so kam es, daß außer den zwei ersten Vorbildern des Herrn Archilochos (bleich, schüchtern und etwas dicklich saß er in seiner Ecke zwischen den Radsportfreunden) nur noch der letzte in seiner Weltordnung an der Wand hing, das negative Prinzip, Fahrcks eben, der Kommunist, der den Staatsstreich in San Salvador und die Revolution in Borneo angezettelt hatte. Denn auch mit Nummer Vier vermochte Arnolph bei Georgette nichts zu erreichen.

Sie könnte das Bild vielleicht unter Fahrcks hängen, meinte er und überreichte Madame Bieler eine Reproduktion, eine billige übrigens.

Wer denn dies gemalt habe, fragte Georgette und

starrte verwundert auf die dreieckigen Vierecke und die verbogenen Kreise, die darauf zu sehen waren.

»Passap.«

Es stellte sich heraus, daß Monsieur Arnolph den weltberühmten Maler verehrte, doch war es Georgette immer noch ein Rätsel, was denn das Bild darstellen sollte.

»Das richtige Leben«, behauptete Archilochos.

»Da unten steht aber ›Chaos‹«, rief Georgette und wies in die rechte untere Ecke des Bildes.

Archilochos schüttelte den Kopf. »Große Künstler schaffen unbewußt«, meinte er. »Ich weiß einfach, daß dieses Bild das richtige Leben darstellt.«

Doch nützte es nichts, was Archilochos dermaßen kränkte, daß er drei Tage nicht mehr erschien. Dann kam er wieder, und Madame Bieler lernte mit der Zeit das Leben des Monsieur Arnolph kennen, soweit man überhaupt von einem Leben reden konnte, so pünktlich, wohlgeordnet und schief war alles. So gab es beispielsweise in der Weltordnung des Archilochos noch die Nummern fünf bis acht.

Nummer fünf war Bob Forster-Monroe, der Ambassador der Vereinigten Staaten, zwar nicht ein Altneupresbyteraner der vorletzten Christen, sondern ein Altpresbyteraner der vorletzten Christen, ein schmerzlicher, doch nicht hoffnungsloser Unterschied, über den der in religiösen Dingen gar nicht untolerante Archilochos stundenlang reden konnte. (Er lehnte außer den anderen Kirchen nur noch die Neupresbyteraner der vorletzten Christen entschieden ab.)

Nummer sechs der Weltordnung war Maître Dutour.

Nummer sieben Hercule Wagner, der Rector magnificus der Universität.

Dutour hatte einen längst geköpften Lustmörder verteidigt, einen Hilfsprediger der Altneupresbyteraner (nur das Fleisch vergewaltigte den Geist des Hilfspredigers, die Seele blieb außerhalb, unbesudelt, gerettet); der Rector magnificus dagegen hatte das Studentenheim der vorletzten Christen besucht und sich fünf Minuten mit Nummer zwei der Weltordnung (Bischof) unterhalten.

Nummer acht war Bibi Archilochos, sein Bruder, ein guter Mensch, wie Arnolph betonte, arbeitslos, was Georgette verwunderte, war doch dank Petit-Paysan das Land beschäftigt.

Archilochos wohnte in einer Mansarde nicht weit von ›Chez Auguste‹, wie die kleine Wirtschaft des Champions hieß, und brauchte über eine Stunde, bis er seinen Arbeitsplatz im weißen, zwanzigstöckigen, von Corbusier konstruierten Verwaltungsbau der Petit-Paysan-Maschinenfabrik AG erreichte. Was die Mansarde betrifft: Fünf Stockwerke hoch, übelriechender Korridor, klein, schräg, unbestimmte Tapete, ein Stuhl, ein Tisch, ein Bett, eine Bibel, hinter einem Vorhang sein Sonntagskleid. An der Wand: erstens Staatspräsident, zweitens Bischof, drittens Petit-Paysan, viertens Reproduktion eines Bildes von Passap (viereckige Dreiecke) und so weiter bis zu Bibi hinunter (Familienbild mit Kinderchen). Aussicht: Blick auf eine schmutzige Fassade, zwei Meter vom Fenster entfernt, Abortwand, abenteuerliche Flecke, weiß, gelb und grün, in regelmäßigen Reihen offene stinkende Fensterchen, die Wand nur manchmal im Hochsommer gegen Mittag von oben verklärt, dazu der Lärm der Wasserspülungen. Was den Arbeitsplatz betrifft: mit fünfzig anderen Buchhaltern in einem großen, mit Glas unterteilten Raum, labyrinthartig, nur Zickzackgänge ermöglichend, im siebenten Stock, Abteilung Geburtszangen, Ärmelschoner, Bleistift hinter dem Ohr, grauer Arbeitskittel; Mittagessen in der Kantine, wo er unglücklich war, weil weder der Staatspräsident noch der Bischof dort hingen, nur Petit-Paysan (Nummer drei). Archilochos war nicht ein eigentlicher Buchhalter, nur ein Unterbuchhalter. Vielleicht noch genauer: Der Unterbuchhalter eines Unterbuchhalters. Kurz, einer der untersten Unterbuchhalter, soweit man von einem untersten sprechen konnte: die Zahl der Buch- und Unterbuchhalter in der Petit-Paysan AG war praktisch unendlich; doch wurde er auch in dieser bescheidenen, beinahe letzten Stellung weit besser bezahlt, als dies wiederum die Mansarde zu verkünden schien. Der Grund, der ihn in die dunkle, von Aborten umstellte Höhle bannte, war Bibi.

2

Nummer acht (Bruder) lernte Madame Bieler ebenfalls kennen.

An einem Sonntag. Arnolph hatte Bibi Archilochos zum Mittagessen eingeladen. ›Chez Auguste‹.

Bibi kam mit Weib, zwei Mätressen und den sieben Kinderchen, von denen die ältesten, Theophil und Gottlieb, beinahe erwachsen waren. Magda-Maria, dreizehn Jahre, brachte einen Verehrer mit. Bibi erwies sich als ein gottvergessener Säufer, die Frau war vom ›Onkel‹ begleitet, wie man ihn nannte, einem ausgedienten Kapitän, nicht umzubringen. Es war ein Mordsspektakel, der selbst den Radsportfreunden zuviel wurde. Theophil prahlte von seinem Zuchthausaufenthalt, Gottlieb von einem Bankeinbruch, Matthäus und Sebastian, zwölf und neun Jahre, stachen mit Messern, und die beiden Jüngsten, Zwillinge, sechsjährig, Jean-Christoph und Jean-Daniel, rauften sich um eine Absinthflasche.

»Welche Menschen!« rief Georgette entsetzt, als sich das Teufelspack verzogen hatte.

»Es sind eben Kinder«, begütigte sie Archilochos und beglich die Rechnung (einen halben Monatslohn).

»Hören Sie«, entrüstete sich Madame Bieler. »Ihr Bruder scheint eine Räuberbande zu unterhalten. Und dem geben Sie noch Geld? Fast alles, was Sie verdienen?«

Archilochos' Glaube war jedoch nicht zu erschüttern. »Man muß den Kern sehen, Madame Bieler«, sagte er,

»und der Kern ist gut. Bei jedem Menschen. Der Schein trügt. Mein Bruder, seine Frau und seine Kinderchen sind vornehme Wesen, nur diesem Leben vielleicht nicht so ohne weiteres gewachsen.«

Jetzt aber, wieder an einem Sonntag, doch schon um halb zehn, betrat er aus einem anderen Grunde die kleine Wirtschaft, eine rote Rose im Knopfloch und von Georgette mit Ungeduld erwartet. An allem waren eigentlich nur der endlose Regen, der Nebel, die Kälte, die stets feuchten Socken schuld und die Grippeepidemie, die sich mit der Zeit in eine Darmgrippe verwandelte, bewirkend, daß Archilochos, wir kennen ja sein Zimmer, infolge des nun ständigen Getöses nicht schlafen konnte. Dies alles hatte Arnolph umgestimmt, allmählich, mit den steigenden Fluten in den Straßengräben, und so hatte er nachgegeben, als Madame Bieler wieder an jenem besonderen Punkt ansetzte, der sie ärgerte.

»Sie sollten heiraten, Monsieur Arnolph«, hatte sie gesagt. »Das ist doch kein Leben in Ihrer Mansarde, und immer unter Radsportfreunden zu sitzen, geht doch auch nicht für einen Menschen mit höheren Interessen. Eine Frau sollten Sie haben, die für Sie sorgt.«

»Sie sorgen für mich, Madame Bieler.«

»Ach was, wenn Sie sich eine Frau nehmen, ist das noch ganz anders. So eine mollige Wärme, Sie werden sehen.«

Endlich hatte sie seine Zustimmung erlangt, eine Annonce in ›Le Soir‹ aufzugeben, und gleich Papier, Feder und Tinte geholt.

»Junggeselle, Buchhalter, fünfundvierzig, Altneupresbyteraner, feinfühlend, sucht Altneupresbyteranerin ...«, schlug sie vor.

»Das ist nicht nötig«, sagte Archilochos. »Ich bekehre meine Frau dann schon zum richtigen Glauben.«

Georgette sah dies ein. »Sucht eine liebe, frohe Frau seines Alters, Witwe nicht ausgeschlossen ...«

Ein Mädchen müsse es sein, behauptete Archilochos.

Georgette blieb fest. »Schlagen Sie sich ein Mädchen aus dem Kopf«, meinte sie energisch. »Sie waren noch nie mit einer Frau, und jemand muß wissen, wie man das macht.«

Er stelle sich die Annonce ganz anders vor, wagte Monsieur Arnolph einzuwenden.

»Wie denn?«

»Grieche sucht Griechin!«

»Mein Gott«, staunte Madame Bieler, »sind Sie ein Grieche?« und starrte die eher dicke, ungefüge und nördliche Gestalt des Herrn Archilochos an.

»Wissen Sie, Madame Bieler«, sagte er schüchtern, »ich weiß, daß man sich unter einem Griechen etwas anderes vorstellt, als ich nun einmal bin, und es ist ja auch lange her, seit mein Urahne in dieses Land wanderte, um an der Seite Karls des Kühnen bei Nancy zu sterben. Und so sehe ich denn auch nicht mehr so recht wie ein Grieche aus. Das gebe ich zu. Aber nun, Madame Bieler, in diesem Nebel, in dieser Kälte und in diesem Regen sehne ich mich zurück, wie meistens im Winter, in meine Heimat, die ich nie gesehen habe, nach dem Peloponnes mit seinen rötlichen Felsen und seinem blauen Himmel (ich las einmal im ›Match‹ darüber), und so will ich denn nur eine Griechin heiraten, denn sie wird in diesem Lande ebenso verlassen sein wie ich.«

»Sie sind der reinste Dichter«, hatte darauf Georgette geantwortet und sich die Augen getrocknet.

Und wirklich hatte Archilochos eine Antwort bekommen, schon am übernächsten Tag. Ein kleiner duftender Briefumschlag, ein blaues Kärtchen wie der Himmel des Peloponnes. Chloé Saloniki schrieb ihm, sie sei einsam, und wann sie ihn denn sehen könne.

Auf Anraten Georgettes hatte er darauf mit Chloé schriftlich ausgemacht: ›Chez Auguste‹, Sonntag, den soundsovielten Januar. Kennzeichen: Eine rote Rose.

Archilochos zog sein dunkelblaues Konfirmandenkleid an und vergaß den Mantel. Er war unruhig. Er wußte nicht, ob er doch lieber umkehren solle, sich in seine Mansarde zu verkriechen, und zum ersten Male war es ihm nicht recht, als vor ›Chez Auguste‹ Bibi wartete, kaum zu erkennen im Nebel.

»Gib mir zwei Lappen und einen Heuer«, sagte Bibi und hielt seine hohle Bruderhand hin: »Magda-Maria hat Englischstunden nötig.«

Archilochos wunderte sich.

»Sie hat einen neuen Freier, hochanständig«, erklärte Bibi, »aber er spricht nur Englisch.«

Archilochos mit seiner roten Rose zahlte.

Auch Georgette war aufgeregt, nur Auguste saß wie immer, wenn keine Gäste da waren, in seinem Radfahrerkostüm beim Ofen, die nackten Beine reibend.

Madame Bieler räumte die Theke auf. »Nimmt mich wunder, was da kommt«, sagte sie. »Schätze was Dickes, Liebes. Hoffentlich nicht zu alt, weil sie nichts davon schreibt. Aber wer tut dies schon gern.«

Archilochos, frierend, bestellte eine Tasse heiße Milch.

Und während er sich die Brille wieder einmal reinigte, die vom Milchdampf angelaufen war, betrat Chloé Saloniki das Lokal.

Archilochos, kurzsichtig, sah Chloé zuerst nur schemenhaft, mit einem großen roten Punkt irgendwo rechts unterhalb der Eiform des Gesichts, die Rose, wie er ahnte, doch das Schweigen, das in der Kneipe mit einem Male herrschte, diese gespenstische Stille, in der nicht ein Glas klirrte, in der kein Atemzug zu hören war, beunruhigte ihn so, daß er seine Brille nicht gleich aufsetzen konnte. Kaum hatte er dies jedoch getan, setzte er sie noch einmal ab, um aufgeregt aufs neue an ihr herumzureinigen. Es war nicht zu glauben. Ein Wunder war geschehen, in einer kleinen Pinte, bei Nebel und Regen. Zu diesem dicklichen Junggesellen und scheuen Menschenfreund, eingesperrt in eine stinkende Mansarde, verschanzt hinter seiner Milch und seinem Mineralwasser, zu diesem mit Prinzipien beladenen und mit Hemmungen befrachteten Unterbuchhalter eines Unterbuchhalters mit seinen ewig feuchten und zerrissenen Socken und seinem ungebügelten Hemd, mit den viel zu kurzen Kleidern, den ausgetretenen Schuhen und verkehrten Meinungen, kam ein so zauberhaftes Wesen, ein so reines Märchen an Schönheit und Grazie, eine so echte kleine Dame, daß sich Georgette nicht zu rühren wagte und Auguste die Radrennfahrerbeine geniert hinter dem Ofen versteckte.

»Herr Archilochos?« fragte eine leise, zögernde Stimme. Archilochos erhob sich, kam mit dem Ärmel an die Tasse, wobei die Milch über seine Brille lief. Endlich hatte er sie wieder auf, und durch die Milchstriemen hindurch blinzelte er nach Chloé Saloniki, ohne sich zu rühren.

»Noch eine Tasse Milch«, sagte er endlich.

»O«, lachte Chloé, »mir auch.«

Archilochos setzte sich, ohne den Blick von ihr wenden zu können und ohne sie einzuladen, was er doch gerne getan hätte. Er fürchtete sich, die unwirkliche Situation bedrückte ihn, und er wagte nicht, an seine Annonce zu denken; verlegen nahm er die Rose von seinem Kittel. In jedem Augenblick erwartete er ihr enttäuschtes Sich-umwenden und Fortgehen. Vielleicht dachte er auch, daß er nur träume. Wehrlos war er der Schönheit dieses Mädchens ausgeliefert, dem Wunder dieses Augenblicks, das nicht zu begreifen war, und von dem er nicht hoffen durfte, daß es mehr denn eine kurze Zeitspanne daure. Er fühlte sich lächerlich und häßlich, riesengroß tauchte mit einem Male die Umgebung seiner Mansarde auf, die Trostlosigkeit des Arbeiterviertels, in welchem er wohnte, die Eintönigkeit seiner Buchhalterei; aber sie setzte sich einfach an seinen Tisch, ihm gegenüber, und sah ihn mit großen, schwarzen Augen an.

»O«, sagte sie glücklich, »so nett habe ich dich mir nicht vorgestellt. Ich bin froh, daß wir Griechen uns gefunden haben. Aber komm, deine Brille ist voll Milch.«

Sie nahm sie ihm vom Gesicht und reinigte sie, offenbar mit ihrem Halstuch, wie es dem kurzsichtigen Archilochos schien, hauchte an die Gläser.

»Fräulein Saloniki«, würgte er endlich hervor, als spreche er sein eigenes Todesurteil aus: »Ich bin vielleicht nicht so ganz ein richtiger Grieche mehr. Meine Familie ist zur Zeit Karls des Kühnen eingewandert.«

Chloé lachte: »Grieche bleibt Grieche.«

Dann setzte sie ihm die Brille auf, und Auguste brachte die Milch.

»Fräulein Saloniki ...«

»Sag doch Chloé zu mir«, sagte sie, »und ›du‹, jetzt

da wir heiraten, und ich will dich heiraten, weil du ein Grieche bist. Ich will dich einfach glücklich machen.«

Archilochos wurde rot. »Es ist das erste Mal, Chloé«, sagte er endlich, »daß ich mit einem Mädchen rede, sonst nur mit Madame Bieler.«

Chloé schwieg, schien über etwas nachzudenken, und beide tranken die heiße, dampfende Milch.

Nachdem Chloé und Archilochos das Lokal verlassen hatten, fand Madame Bieler die Sprache wieder.

»So was Piekfeines«, sagte sie. »Nicht zu glauben. Und ein Armband hatte sie, und eine Kette um den Hals, Hunderttausende von Franken. Muß tüchtig gearbeitet haben. Und hast du den Mantel gesehen? Was dies nur für ein Pelz ist! Eine bessere Frau kann man sich gar nicht wünschen.«

»Blutjung«, staunte Auguste noch immer.

»Ach was«, antwortete Georgette und füllte sich ein Glas mit Campari und Siphon, »die ist schon über dreißig. Aber hergerichtet. Die läßt sich jeden Tag massieren.«

»Tat ich auch«, meinte Auguste, »als ich die Tour de Suisse gewann«, und schaute wehmütig auf seine dünnen Beine:

»Und ein Parfüm!«

3

Chloé und Archilochos standen auf der Straße. Es regnete immer noch. Auch der Nebel war noch da, finster, und die Kälte, die durch die Kleider drang.

Am Quai gebe es ein alkoholfreies Restaurant gegenüber dem Weltgesundheitsamt, sagte er endlich: »Ganz billig.«

Er fror in seinem zerschlissenen, feuchten Konfirmandenanzug.

»Gib mir den Arm«, forderte ihn Chloé auf.

Der Unterbuchhalter war verlegen. Er wußte nicht recht, wie man das machte. Er wagte kaum, das Wesen anzusehen, das an seiner Seite durch den Nebel trippelte, um die schwarzen Haare ein silberblaues Tuch geschlagen. Er genierte sich ein wenig. Es war das erste Mal, daß er mit einem Mädchen durch die Stadt ging, und so war er eigentlich froh um den Nebel. Von einer Kirche her schlug es halb elf. Sie schritten durch leere Vorstadtstraßen, deren Häuser sich im nassen Asphalt spiegelten. Ihre Schritte hallten an den Wänden wider. Es war, als gingen sie durch Kellergewölbe. Kein Mensch war zu erblicken. Ein halbverhungerter Hund trottete ihnen aus dem Dunkel entgegen, ein verdreckter Spaniel, schwarzweiß, triefend vor Nässe, mit hängenden Ohren und hängender Zunge. Undeutlich waren die roten Straßenlichter zu sehen. Dann rollte sinnlos hupend ein Autobus vorüber, Richtung Nordbahnhof offenbar. Archilochos drängte sich in die weichen Haare ihres Mantels, von der leeren Straße, vom Sonntag, vom Wetter überwältigt, Platz unter ihrem kleinen roten Schirm zu finden. Sie schritten im Takt dahin, fast ein richtiges Liebespaar. Irgendwo sang blechern die Heilsarmee im Nebel, und manchmal drang aus den Häusern das Sonntagmorgenkonzert der Télédiffusion, irgendeine Symphonie, Beethoven oder Schubert, mischte sich mit dem Tuten der im Nebel verirrten Automobile. Sie kamen gegen den Strom hinunter, wie sie ahnten, durch gleichförmige Straßen, nun stückweise zu sehen, als es heller wurde, sich immer noch in Grau auflösend. Dann ging es einem unendlichen Boulevard entlang mit immer gleichen langweiligen Häuserfronten, wie nun schon deutlich zu erraten war, mit Stadtvillen längst verkrachter Bankiers und vergilbter Kokotten mit dorischen und korinthischen Säulen vor den Türen, mit steifen Balkonen und hohen Fenstern im ersten Stock, meistens erleuchtet, meist beschädigt, schemenhaft, tropfend.

Chloé begann zu erzählen. Die Geschichte ihrer Jugend, wundersam wie sie selber. Sie erzählte zögernd, oft verlegen. Doch dem Unterbuchhalter kam alles Unglaubwürdige natürlich vor, war es doch ein Märchen, was er erlebte.

Sie war eine Waise (nach ihrer Erzählung), ein Kind griechischer Leute, aus Kreta eingewandert, die in den bösen Wintern erfroren. In einer Baracke. Dann war die große Verlassenheit gekommen. Sie wuchs im Elendsviertel auf, verdreckt, zerlumpt, wie der schwarzweiße Spaniel eben, stahl Obst und plünderte Opferstöcke. Die Polizei verfolgte sie, Zuhälter stellten ihr nach. Sie schlief unter Brücken zwischen Vaganten und in leeren Fässern, scheu und mißtrauisch wie ein Tier. Dann wurde sie von einem archäologischen Ehepaar aufgelesen, buchstäblich, bei einem Abendspaziergang, und in eine Schule gesteckt, zu Nonnen, und lebte nun bei ihren Wohltätern als Dienstmädchen, anständig gekleidet, anständig genährt, eine rührende Geschichte, alles in allem.

»Ein archäologisches Ehepaar?« wunderte sich Arnolph. Er hatte dergleichen noch nie vernommen.

Ein Ehepaar, das Archäologie studiert, verdeutlichte Chloé Saloniki, und in Griechenland Ausgrabungen gemacht habe.

»Sie entdeckten dort einen Tempel mit kostbaren Standbildern, im Moos versunken, und goldenen Säulen«, sagte sie.

Wie denn das Ehepaar heiße?

Chloé zögerte. Sie schien nach einem Namen zu suchen.

»Gilbert und Elizabeth Weeman.«

»Die berühmten Weemans?«

(Eben war im ›Match‹ ein Artikel mit farbigen Bildern erschienen.)

»Die.«

Er werde sie in seine sittliche Weltordnung einbauen, sagte Arnolph. Als Nummer neun und zehn, doch vielleicht auch als Nummer sechs und sieben, indem Maître Dutour und der Rector magnificus Nummer neun und zehn einnehmen könnten, das sei ja immer noch eine Ehre.

»Du hast eine sittliche Weltordnung?« fragte Chloé verwundert. »Was ist denn das?«

Man müsse einen Halt haben im Leben, sittliche Vorbilder, sagte Archilochos, auch er habe es nicht leicht, wenn er auch nicht zwischen Mördern und Vagabunden aufgewachsen sei wie sie, sondern mit Bruder Bibi in einem Waisenhaus; und er begann mit der Schilderung seines moralischen Weltgebäudes.

4

Das Wetter hatte sich verändert, unmerklich zuerst für die beiden. Der Regen hatte aufgehört, der Nebel sich gelockert. Er war zu gespenstischen Figuren geworden, zu langgestreckten Drachen, zu schwerfälligen Bären und Riesenmännern, die über die Villen, Bankgebäude, Regierungsbauten und Palais rutschten, sich ineinander verschoben, aufstiegen und sich auflösten. Blauer Himmel schimmerte zwischen den Nebelmassen, undeutlich, zart zuerst, nur eine Ahnung von Frühling, der ja noch ferne war, von Sonnenlicht, unendlich fein, dann klarer, strahlender, mächtiger. Auf dem nassen Asphalt machten sich mit einem Male die Schatten der Gebäude, der Laternen, der Denkmäler, der Menschen bemerkbar, und plötzlich traten alle Gegenstände überdeutlich hervor, glänzend im niederbrechenden Licht.

Sie befanden sich am Quai vor dem Staatspräsidenten-Palais. Der Strom war braun und mächtig angeschwollen. Brücken mit rostigen Eisengeländern spannten sich über ihn, leere Lastschiffe zogen davon, windelnbehängt und mit frierenden Kapitänen, die, Pfeife rauchend, auf und ab schritten. Es wimmelte von sonntäglichen Spaziergängern, von feierlichen Großvätern mit herausgeputzten Enkeln, von Familien, die auf den Trottoirs Reihen bildeten. Polizisten standen herum, Reporter, Journalisten, offenbar den Staatspräsidenten erwartend, der denn auch in seiner historischen Karosse aus dem Palais hervorbrach, gezogen von sechs Schimmeln, von seiner berittenen Leibwache mit den goldenen Helmen und den weißen Federbüschen begleitet, irgendwo irgendeinen politischen Akt zu vollziehen, ein Denkmal einzuweihen, einen Orden an einen Busen zu heften oder ein Waisenhaus zu eröffnen. Pferdegetrampel, Fanfarengeschmetter, Hochrufe, Hüte erfüllten die vom Nebel, vom Regen geläuterte Luft.

Da geschah das Unfaßbare.

Im Moment als der Staatspräsident an Chloé und Archilochos vorbeifuhr und Arnolph, erfreut über seine unverhoffte Begegnung mit Nummer eins seiner Weltordnung (die zu erklären er im Begriffe war), nach der spitzbärtigen und ergrauten Exzellenz spähte, die, goldübersät, vom Fenster seiner Karosse eingerahmt, genau dem Bilde glich, das über den Pernod- und Campariflaschen Madame Bielers hing, grüßte mit einem Male der Staatspräsident den Unterbuchhalter, indem Seine Exzellenz mit der rechten Hand winkte, als wäre Archilochos ein alter Bekannter. Und so augenscheinlich war dieses Aufflattern eines weißen Handschuhs, und so deutlich galt es ihm, daß zwei Polizisten mit stattlichen Schnurrbärten Achtungstellung annahmen.

»Der Staatspräsident grüßte mich«, stotterte Archilochos fassungslos.

»Warum soll er dich denn nicht grüßen?« fragte Chloé Saloniki.

»Ich bin doch nur ein unbedeutender Staatsbürger!«

»Als Staatspräsident ist er unser aller Vater«, erklärte Chloé den seltsamen Vorgang.

Da trat ein weiteres Ereignis ein, das Archilochos zwar auch nicht begreifen konnte, das ihn aber mit neuem Stolz erfüllte.

Eigentlich wollte er gerade auf Nummer zwei seiner Weltordnung zu sprechen kommen, auf den Bischof Moser und auf den eminenten Unterschied, der sich zwischen den Altneu- und den Altpresbyteranern der vorletzten Christen gebildet hatte, um dann noch kurz die Neupresbyteraner zu streifen (diesen Skandal innerhalb der presbyteranischen Kirche), als ihnen Petit-Paysan begegnete (Nummer drei der Weltordnung, eigentlich noch nicht an der Reihe), sei es, daß er aus der Weltbank, fünfhundert Meter vom Staatspräsidenten-Palais entfernt, sei es, daß er aus der St. Lukas-Kathedrale kam, die neben der Weltbank stand. Er war in tadellosem Mantel, mit Zylinder und weißem Halstuch, knisternd vor Eleganz. Sein Chauffeur hatte schon die Türe des Rolls-Royce geöffnet, als Arnolph Petit-Paysans ansichtig wurde. Arnolph wurde unsicher. Das Ereignis war einmalig und im Hinblick auf die Erläuterungen, die er Chloé über seine Weltordnung eben gab, instruktiv. Der Großindustrielle kannte Archilochos nicht, konnte ihn auch nicht kennen, war er doch nur ein Unterbuchhalter in der Geburtszangenabteilung, was wiederum Archilochos den Mut gab, auf den Erhabenen hinzuweisen, wenn auch nicht den Mut, ihn zu grüßen (man grüßt keinen Gott). Und so war Archilochos zwar erschrokken, doch geborgen im Bewußtsein, unerkannt am Gewaltigen vorbeiziehen zu dürfen, als, wie eben beim Staatspräsidenten, das Unfaßbare zum zweiten Male geschah: Petit-Paysan lächelte, zog seinen Zylinder, schwenkte ihn, verbeugte sich artig vor dem erbleichenden Archilochos, ließ sich darauf in die Polster seiner Limousine fallen, winkte noch einmal und brauste davon.

»Das war doch Petit-Paysan«, keuchte Archilochos.

»Und?«

»Nummer drei in meiner Weltordnung!«

»Nun?«

»Er grüßte mich!«

»Hoffentlich.«

»Ich bin doch nur ein Unterbuchhalter und arbeite mit fünfzig anderen Unterbuchhaltern in der nebensächlichsten Unterabteilung der Geburtszangenabteilung«, rief Archilochos aus.

»Dann wird er eben ein sozialer Mensch sein«, stellte Chloé fest, »würdig, in deinem sittlichen Weltgebäude den dritten Platz einzunehmen«, über das Erstaunliche dieser Begegnung offenbar noch nicht im Bilde.

Doch die Wunder dieses Sonntags, der mitten im Winter immer strahlender, immer wärmer wurde, mit einem immer blaueren, immer unwirklicheren Himmel, hörten nicht auf: die ganze Riesenstadt schien auf einmal Archilochos zu grüßen, der mit seiner Griechin über die Brücken mit den schmiedeeisernen Geländern und durch die alten Parkanlagen vor den halbzerfallenen Schlössern schritt. Arnolph wurde stolzer, bewußter, sein Gang freier, seine Miene leuchtender. Er war mehr als ein Unterbuchhalter. Er war ein glücklicher Mensch. Elegante junge Männer grüßten ihn, winkten aus Cafés, von Autobussen und Vespas herunter, soignierte Herren mit ergrauten Schläfen, sogar ein belgischer General, mit vielen Orden, vom Nato-Hauptquartier offenbar, der aus einem Jeep stieg. Vor der amerikanischen Botschaft rief ihm der Botschafter Bob Forster-Monroe, begleitet von zwei schottischen Schäferhunden, ein deutliches Hallo zu; während Nummer zwei (Bischof Moser, noch wohlgenährter als auf dem Bilde bei Madame Bieler) ihnen zwischen dem Landesmuseum und dem Krematorium auf dem Weg zum alkoholfreien Restaurant gegenüber dem Weltgesundheitsamt begegnete. Auch Bischof Moser grüßte – das war irgendwie nun schon in der Ordnung –, der Archilochos doch nur von einer Osterpredigt her kannte, bei weitem nicht persönlich, nur als Zuhörer inmitten einer Schar psalmensingender Weiblein, der Bischof, von dessen Leben Archilochos jedoch wohl hundertmal in der Broschüre gelesen hatte, die über diesen vorbildlichen Gegenstand in der Gemeinde verbreitet wurde. Doch schien der Bischof noch verwirrter als das gegrüßte Glied der altneupresbyteranischen Kirche, der er vorstand, denn er verschwand auffallend hastig und überstürzt in einer sinnlosen Nebengasse.

Dann aßen sie zusammen im alkoholfreien Restaurant. Sie saßen an einem Fensterplatz und sahen über den Strom zum Weltgesundheitsamt hinüber mit dem Denkmal eines berühmten Weltgesundheitsämtlers davor, auf dem Möven lagerten, von dem aus sie aufstiegen, um das sie kreisten, und auf dem sie sich wieder lagerten. Beide waren müde vom langen Spazieren und hielten sich die Hände, auch als die Suppe schon vor ihnen stand. Das Restaurant war in der Hauptsache mit Altneupresbyteranern besetzt (nur wenige Altpresbyteraner darunter), mit alten Jungfern meistens und verschrobenen Junggesellen, die der Alkoholbekämpfung zuliebe hieher an den Sonntagen essen kamen, wenn auch der Wirt, ein verstockter Katholik, sich hartnäckig weigerte, Bischof Mosers Bild aufzuhängen; im Gegenteil, neben dem Staatspräsidenten hing der Erzbischof.

5

Später saßen sie, zwei Griechen unter zwei Griechen, immer enger aneinandergerückt unter einem vermoderten Standbild im alten Stadtpark, das nach den Reiseführern und Stadtplänen Daphnis und Chloé darstellen sollte. Sie sahen zu, wie die Sonne hinter den Bäumen versank, ein roter Kinderballon. Auch hier wurde Archilochos gegrüßt. Sonst nur von Radsportfreunden und Unterbuchhaltern beachtet, schien der unscheinbare Mann (bleich, bebrillt, etwas dicklich) auf einmal die Stadt zu interessieren, Mittelpunkt der Gesellschaft zu sein. Das Märchen nahm seinen Fortgang. Nummer vier zog vorbei (Passap), von einer Schar teils bestürzter, teils begeisterter Kunstkritiker begleitet, hatte der Meister doch seine rechtwinklige Epoche mit den Kreisen und den Hyperbeln eben verlassen und malte von jetzt ab nur noch Winkel von 60° mit Ellipsen und Parabeln, und an Stelle von Rot und Grün Kobaltblau und Ocker. Der Meister der modernen Malerei blieb verwundert stehen, knurrte, musterte Archilochos eingehend, nickte und wandelte davon, weiterdozierend. Dagegen grüßten die ehemaligen Nummern sechs und sieben (jetzt neun und zehn), Maître Dutour und der Rector magnificus, mit einem Zwinkern, nur ganz unmerklich, waren sie doch an der Seite gewaltiger Gattinnen.

Archilochos erzählte von seinem Leben. »Ich verdiene nicht viel«, sagte er, »die Arbeit ist eintönig, Berichte über die Geburtszangen, und muß exakt ausgeführt werden. Der Chef, ein Vizebuchhalter, ist streng, auch habe ich Bruder Bibi mit seinen Kinderchen zu unterstützen, liebenswerte Menschen, vielleicht etwas wild und natürlich, doch ehrlich. Wir werden sparen und in zwanzig Jahren miteinander Griechenland besuchen. Den Peloponnes, die Inseln. Davon träume ich schon lange, und jetzt, da ich weiß, daß ich mit dir reisen werde, ist der Traum noch schöner.«

Sie freute sich. »Das wird eine schöne Reise werden«, sagte sie.

»Mit einem Dampfer.«

»Mit der ›Julia‹.«

Er sah sie fragend an.

»Ein Luxusschiff, Missis und Mister Weeman fahren mit ihm.«

»Natürlich«, erinnerte er sich, »das stand auch im ›Match‹. Doch die ›Julia‹ wird für uns zu teuer sein und in zwanzig Jahren schon verschrottet. Wir fahren mit einem Kohlenschiff. Das kommt billiger.«

Oft denke er an Griechenland, fuhr er darauf fort und schaute dem Nebel zu, der sich anschickte, wiederzukommen und wie leichter, weißer Rauch über den Boden strich. Er sehe dann die alten Tempel deutlich, halbgeborsten, und die rötlichen Felsen, leuchtend durch die Olivenhaine. Oft komme es ihm vor, als sei er in dieser Stadt im Exil, wie die Juden in Babylon, und der Sinn seines Lebens bestehe darin, einmal zurückzukehren in die alte, längst verlassene Heimat.

Nun lag der Nebel als weiße Riesenwattebüschel lauernd hinter den Bäumen an den Ufern des Stroms, langsam dahinziehende Lastschiffe umarmend, die brünstig aufheulten, stieg dann auf, flammte violett und begann, sobald die rote, große Sonne gesunken war, sich auszubreiten. Archilochos begleitete Chloé zum Boulevard, in welchem das Ehepaar Weeman wohnte, eine reiche, vornehme Gegend, wie er merkte. Sie gingen an Gittern vorbei, an großen Gärten mit alten Bäumen, hinter denen man die Villen kaum ahnte. Pappeln, Ulmen, Buchen, schwarze Tannen ragten in den silbernen Abendhimmel, verschwanden in den dichter werdenden Nebelwolken. Vor einer eisernen Gittertüre mit Putten und Delphinen, seltsamen Blättern und Spiralen, mit zwei riesigen steinernen Sockeln blieb Chloé stehen, von einer roten Lampe über dem Portal beschienen.

»Morgen abend?«

»Chloé!«

»Wirst du klingeln?« fragte sie und wies auf eine altertümliche Vorrichtung. »Um acht?«

Dann küßte sie den Unterbuchhalter, legte beide Arme um seinen Hals, küßte ihn noch einmal, dann ein drittes Mal.

»Wir fahren nach Griechenland«, flüsterte sie, »in unsere alte Heimat. Schon bald. Und mit der ›Julia‹.«

Sie öffnete die Gittertüre und verschwand unter den Bäumen und im Nebel, noch einmal zurückwinkend, irgend ein Wort zurufend, zärtlich, wie ein geheimnisvoller Vogel, irgendeinem Gebäude zugehend, das unsichtbar im Park vorhanden sein mußte.

Archilochos dagegen marschierte in sein Arbeiterquartier zurück. Er hatte lange zu gehen: er trottete all den Wegen entlang, die er mit Chloé gegangen war. Er überdachte die Phasen dieses Märchensonntags, blieb vor der verlassenen Bank unter Daphnis und Chloé stehen, dann vor dem alkoholfreien Restaurant, das eben die letzten altneupresbyteranischen Jungfern verließen, von denen ihn eine grüßte, auch wohl an der nächsten Straßenecke auf ihn wartete. Dann ging er dem Krematorium, dem Landesmuseum, dem Quai entlang. Der Nebel war dicht, doch nicht schmutzig wie an den Tagen vorher, sondern zärtlich, milchig, ein Wundernebel wie ihm schien, mit langen goldenen Strahlenbündeln, mit feinen nadligen Sternen. Er erreichte das ›Ritz‹, und als er am pompösen Eingangsportal vorüberging, mit dem zwei Meter langen Portier im grünen Mantel, den roten Hosen und mit dem großen silbernen Stab, verließen eben Gilbert und Elizabeth Weeman das Hotel, die weltberühmten Archäologen, die er durch die Abbildungen in den Zeitungen kannte. Es waren zwei englische Menschen, auch sie mehr ein Mann denn eine Frau, mit dem gleichen Haarschnitt wie er, beide mit goldenen Zwickern versehen, Gilbert mit einem roten Schnurrbart und einer kurzen Pfeife (die einzigen Merkmale eigentlich, die ihn deutlich von seiner Frau unterschieden).

Archilochos faßte Mut. »Madame, Monsieur«, sagte er: »Respekt.«

»Well«, sagte der Forscher und staunte den Unterbuchhalter an, der in seinem zerschlissenen Konfirmandenanzug und mit seinen ausgetretenen Schuhen vor ihm stand, und den Mrs. Elizabeth verwundert durch ihren Zwicker betrachtete; »well«, und dann sagte er noch »yes«.

»Ich habe Sie zu Nummer sechs und sieben meiner sittlichen Weltordnung ernannt.«

»Yes.«

»Sie haben eine Griechin aufgenommen«, fuhr Archilochos fort.

»Well«, sagte Mr. Weeman.

»Auch ich bin ein Grieche.«

»Oh«, sagte Mr. Weeman und zog sein Portemonnaie.

Archilochos wehrte ab. »Nein mein Herr, nein meine Dame«, sagte er. »Ich weiß, vertrauenerweckend sehe ich nicht aus, auch vielleicht nicht gerade griechisch, aber mein Auskommen in der Petit-Paysan-Maschinenfabrik wird ausreichen, mit ihr einen bescheidenen Haushalt zu gründen. Ja, sogar an Kinderchen werden wir denken dürfen, wenn auch nur an drei oder vier, besitzt doch die Petit-Paysan-Maschinenfabrik ein sozial fortgeschrittenes Erholungsheim für werdende Mütter ihrer Arbeiter und Angestellten.«

»Well«, sagte Mr. Weeman und steckte das Portemonnaie ein.

»Leben Sie wohl«, sagte Archilochos. »Gott segne Sie, und in der altneupresbyteranischen Kirche will ich für Sie beten.«

6

Doch vor der Haustüre traf er Bibi mit der hohlen Bruderhand.

»Theophil mauste in der Nationalbank«, sagte der in seinem Rotwelsch. »Die Polente kam dahinter.«

»Nun?«

»Er muß in den Süden, bis sich die Lage beruhigt hat. Habe fünf Lappen nötig. Ich gebe sie auf Weihnachten retour.«

Archilochos gab ihm Geld.

»Was denn Bruder«, reklamierte der enttäuschte Bibi, »nichts als einen Heuer?«

»Mehr ist nicht möglich, Bibi«, entschuldigte sich Archilochos verlegen und zu seinem Erstaunen ein wenig ärgerlich: »Wirklich nicht. Ich habe mit einem Mädchen im alkoholfreien Restaurant gegenüber dem Weltgesundheitsamt gegessen. Das Menu und eine Flasche Traubensaft. Ich will eine Familie gründen.«

Bruder Bibi erschrak.

»Was willst du mit einer Familie«, rief er empört aus. »Ich habe ja selber eine! Hat sie wenigstens Geld?«

»Nein.«

»Die Branche?«

»Dienstmädchen.«

»Wo denn?«

»Boulevard Saint-Père Nummer 12.«

Bibi pfiff durch die Zähne.

»Geh nun pennen, Arnolph, aber noch einen Heuer.«

7

In seiner Mansarde angekommen, im fünften Stock, zog er sich aus. Er legte sich ins Bett. Eigentlich hatte er das Fenster öffnen wollen. Es war muffig. Doch waren die Aborte spürbarer als sonst. Er lag im Halbdunkel. An der Fassade gegenüber in den kleinen schmalen Fenstern brannte Licht, einmal in den einen, einmal in den anderen. Das Brausen ließ nicht ab. Abwechselnd leuchtete an der Wand der Mansarde eines der Bilder seiner Weltordnung auf, bald der Bischof, bald der Staatspräsident, jetzt Bibi mit seinen Kinderchen, nun die dreieckigen Vierecke auf dem Bilde Passaps, bald eine der anderen Nummern.

»Morgen muß ich mir eine Photographie der Weemans verschaffen und einrahmen lassen«, dachte er.

Die Luft war so stickig, so dumpf, daß er kaum atmen konnte. An Schlaf war nicht zu denken. Er war glücklich ins Bett gestiegen, nun kamen die Sorgen. Es war ihm unmöglich, mit Chloé in dieser Mansarde zu hausen, einen Haushalt zu gründen, die drei oder vier Kinderchen unterzubringen, die er auf dem Heimweg geplant hatte. Er mußte eine neue Wohnung finden. Dazu besaß er kein Geld, kein Vermögen. Er hatte alles an Bruder Bibi verschenkt. Nun gehörte ihm nichts. Nicht einmal das armselige Bett, der erbärmliche Tisch und der wacklige Stuhl. Er wohnte möbliert. Nur die verschiedenen Bilder seines sittlichen Weltgebäudes waren sein Eigentum. Die Armut bedrückte ihn. Die Zierlichkeit, die Schönheit Chloés brauchte Zierliches und Schönes, spürte er. Sie durfte nicht mehr zu den Brücken am Strom und zu den leeren Fässern in den Abfallgruben zurück. Immer bösartiger, immer widriger kam ihm das Brausen der Wasserspülungen vor. Er schwor, diese Mansarde zu verlassen; schon morgen, nahm er sich vor, würde er eine andere Wohnung suchen. Doch während er überlegte, wie denn dieses Ziel zu verwirklichen wäre, wurde er hilflos. Er sah keinen Weg. Er wußte sich eingesperrt in eine erbarmungslose Maschinerie, ohne Möglichkeit, das Wunder zu verwirklichen, das sich ihm an diesem Sonntag dargeboten hatte. Er wartete hilflos und verzagt den Morgen ab, der sich denn auch mit einem vermehrten Getöse der Wasserspülungen ankündigte.

Gegen acht nun, noch in der Dunkelheit in dieser Jahreszeit, trottete Archilochos, wie jeden Montag aufs neue, mit den Heeren der Buchhalter, Sekretärinnen und Unterbuchhalter in das Verwaltungsgebäude der Petit-Paysan-Maschinenfabrik, ein unscheinbares Partikel nur des grauen Menschenstroms, der sich aus der Metro, aus den Autobussen, aus den Tramwagen und den Vorortbahnen ergoß, sich im Schein der Straßenlampen trübselig dem Riesenwürfel aus Stahl und Glas entgegenwälzte, der ihn verschluckte, aufteilte, sortierte, die Lifts, die Rolltreppen hinauf und hinunter schob, durch die Korridore preßte, erstes Stockwerk: Tankabteilung; zweites Stockwerk: Atomkanonen; drittes Stockwerk: Maschinengewehrabteilung und so fort. Archilochos, eingeklemmt in die Massen, gedrängt und geschoben, arbeitete im siebenten Stockwerk, Geburtszangenabteilung, Büro 122GZ, in einem der vielen, mit Glas unterteilten kahlen, nüchternen Räume, hatte jedoch zuerst den Hygieneraum zu betreten, zu gurgeln, eine Pille einzunehmen (gegen die Darmgrippe), Maßnahmen, von der sozialen Fürsorge angeordnet. Dann zog er seinen grauen Arbeitskittel an, noch durchfroren, denn nun war zum ersten Mal in diesem Winter die große, schneidende Kälte über die Stadt hergefallen, über Nacht, alles glatt polierend. Er mußte sich beeilen, war es doch schon eine Minute vor acht, und Verspätung wurde keine geduldet (Zeit ist Geld). Er setzte sich an einen Tisch, ebenfalls aus Stahl und Glas, den er mit drei Unterbuchhaltern teilte, mit den Nummern UB122GZ28, UB122GZ29, UB122GZ30, enthüllte die Schreibmaschine. Die Nummer auf seinem Arbeitskittel war UB122GZ31. Er begann mit noch steifen Fingern zu tippen, der Zeiger der großen Uhr war auf acht gerückt: eine Zusammenstellung über den Geburtszangenumschwung im Kanton Appenzell Innerrhoden hatte er diesen Morgen fertigzustellen. Wie er, klapperten die drei anderen Unterbuchhalter an seinem Arbeitstisch auf ihren Maschinen, die sechsundvierzig weiteren im Raum, Hunderte, Tausende im Haus, von acht bis zwölf, von zwei bis fünf, mit Essen in der Gemeinschaftskantine dazwischen, alle eingeordnet in den Petit-Paysan-Musterbetrieb, von Ministern besucht, von ausländischen Delegationen, von bebrillten Chinesen und wollüstigen Indern, die, sozial interessiert, mit ihren seidenen Frauen durch die Säle schwebten.

Doch setzen sich bisweilen (wenn auch selten) die Wunder des Sonntags am Montag fort.

8

Archilochos habe sich beim Bürochef, dem Buchhalter B121GZ, einzufinden, gab nämlich der Lautsprecher bekannt. Einen Augenblick lang war es totenstill im Raum 122GZ. Kein Atmen. Kein noch so schüchternes Weiterklappern. Der Grieche erhob sich. Bleich, taumelnd. Er ahnte nichts Gutes. Es standen Entlassungen bevor. Doch empfing ihn Buchhalter B121GZ in seinem Büro neben dem Raum 122GZ geradezu herzlich, wie Archilochos, der kaum einzutreten gewagt hatte, erstaunt wahrnahm, wurde doch von den Wutausbrüchen B121GZ' Unheimliches berichtet.

»Monsieur Archilochos«, rief B121GZ aus, indem er dem Unterbuchhalter entgegenging und ihm sogar die Hand schüttelte, »Ihr ausgezeichnetes Talent habe ich schon seit langem verfolgt, darf ich sagen.«

»O bitte«, sagte Archilochos, überrascht über das Lob, doch immer noch mißtrauisch.

»Ihre Darstellung«, lächelte B121GZ, sich die Hände reibend (ein kleiner, agiler Fünfziger, glatzköpfig, mit kurzsichtigen Augen, im weißen Buchhalterkittel mit den grauen Ärmelschonern), »Ihre Darstellung von dem Stand und dem Unterhalt der Geburtszangen im Kanton Appenzell Innerrhoden ist vorbildlich.«

Das freue ihn aber, sagte Archilochos, immer noch überzeugt, einer grausamen Laune des Buchhalters zum Opfer gefallen zu sein, indem er dessen Freundlichkeit als Tücke einschätzte.

Der Buchhalter bot seinem mißtrauischen Unterbuchhalter einen Stuhl an und lief aufgeregt in seinem Büro hin und her.

»In Hinsicht auf Ihre ausgezeichneten Arbeiten, lieber Herr Archilochos, plane ich, gewisse Schritte zu unternehmen.«

»Es ist mir dies eine große Ehre«, stammelte Archilochos.

Er denke an den Posten eines Vizebuchhalters, säuselte B121GZ. »Ich habe eben den Antrag an den Personalchef geleitet, in dessen Ressort unser Büro fällt.«

Archilochos erhob sich dankbar, doch hatte der Buchhalter noch ein zweites Anliegen vorzubringen. Er sah ängstlich und unglücklich aus, als er damit herausrückte, als wäre *er* ein Unterbuchhalter.

»Fast hätte ich es vergessen«, sagte B121GZ leise und versuchte, Haltung zu bewahren, »Oberbuchhalter OB9GZ wünscht Herrn Archilochos zu sprechen. Noch diesen Vormittag.«

Der Buchhalter wischte sich den Schweiß mit einem rotkarierten Taschentuch von der Stirne.

»Eben jetzt«, fuhr er fort, »wünscht der Oberbuchhalter Sie zu sprechen. Setzen Sie sich wieder, lieber Freund, wir haben noch eine Minute Zeit. Vor allem sammeln Sie sich, verlieren Sie nicht die Nerven, fassen Sie Mut, seien Sie der Situation gewachsen.«

»Gewiß«, sagte Archilochos, er gebe sich Mühe.

»Mein Gott«, sagte der Buchhalter und setzte sich hinter seinen Schreibtisch, »mein Gott, Herr Archilochos, wie ich Sie doch wohl als meinen guten Freund im Vertrauen und ganz unter uns nennen darf – mein Name ist Rummel, Emil Rummel –, es ist dies ein Ereignis, das mir noch nie vorgekommen ist, und ich arbeite doch schon dreiunddreißig Jahre in der Petit-Paysan-Maschinenfabrik. Ein Oberbuchhalter wünscht einen Unterbuchhalter zu sprechen, mir nichts, dir nichts, ein so frappanter Verstoß gegen die Dienstordnung ist mir noch nie begegnet. Bin einer Ohnmacht nahe, lieber Freund, habe zwar an Ihre genialen Qualitäten geglaubt, aber trotzdem! Bin ich doch in meinem Leben noch nie vor einem Oberbuchhalter gestanden, würde dabei auch zittern wie Espenlaub, verhandelt ein Buchhalter ja ausschließlich nur mit Vizeoberbuchhaltern! Und nun Sie! Direkt vor einen Oberbuchhalter zitiert zu werden! Wird seine Gründe haben, seine geheime Absicht, sehe eine Beförderung voraus, Sie werden meine Stelle erhalten, das ist es (hier trocknete sich BI2IGZ die Augen), vielleicht werden Sie gar Vizeoberbuchhalter, wie dies neulich in der Atomkanonen-Abteilung einem Buchhalter passierte, der die Gemahlin eines Ober-Personalchefs genauer kennenzulernen die Ehre hatte – nicht Sie, mein Freund, nicht Sie, ist doch in Ihrem Fall nur Ihre Tüchtigkeit, der vollendete Bericht über den Kanton Appenzell Innerrhoden, ich weiß. Doch, lieber Freund, unter vier Augen: Nur durch einen bloßen Zufall kamen mein Vorschlag, Sie zum Vizebuchhalter zu befördern, und die Vorladung des Oberbuchhalters sozusagen im gleichen Moment, mein Ehrenwort! Mein Gesuch, Ihre Beförderung betreffend, war schon geschrieben, als, wie der Blitz aus heiterem Himmel, der Anruf der Sekretärin unseres verehrten Oberbuchhalters bei mir anlangte – aber es ist höchste Zeit, guter Freund – im übrigen würde es meine Frau freuen, Sie zum Essen – ebenso meine Tochter – ganz charmant, ganz hübsch, nimmt Gesangsunterricht –

wann Sie nur wollen – wann Sie uns nur die Ehre – fünfter Korridor Südost, sechstes Büro – mein Gott, dabei bin ich herzkrank – und auch die Nieren spuken.«

9

OB9GZ, fünfter südöstlicher Korridor, sechstes Büro, ein stattlicher Herr mit schwarzem gestutztem Bart, blitzenden Goldzähnen, Parfümduft und Bauch, die Photographie einer halbnackten Tänzerin in Platinrahmen auf dem Schreibtisch, empfing den Unterbuchhalter würdig, scheuchte Scharen von Sekretärinnen aus seinem Büro und wies ihm mit einer generösen Handbewegung einen bequemen Sessel an.

»Mein lieber Herr Archilochos«, begann er, »Ihre vorzüglichen Arbeiten sind uns Oberbuchhaltern schon seit Jahr und Tag aufgefallen, besonders Ihre Berichte über die Einführung der Geburtszange im hohen Norden, mit besonderer Berücksichtigung Alaskas, haben Aufsehen, ja ich darf ausrufen, hohe Wellen der Bewunderung erregt. Man diskutiert in unseren Kreisen darüber, und der erwähnte Bericht soll auch von der Direktion stärkstens beachtet worden sein.«

»Da muß ein Irrtum vorliegen, Herr Oberbuchhalter«, bemerkte Arnolph, »ich bearbeite nur den Kanton Appenzell Innerrhoden und das Tirol.«

»Nennen Sie mich doch einfach Petit-Pierre«, sagte OB9GZ, »wir sind unter uns und nicht unter Banausen. Ob nun der Bericht über Alaska von Ihnen stammt oder nicht, er ist von Ihnen inspiriert, atmet Ihren Geist, den unvergleichlichen Stil Ihrer klassischen Berichte über den Kanton Appenzell Innerrhoden, über das Tirol. Ein Zeichen mehr, daß Ihre Arbeiten erfreulich Schule machen. Habe immer meinem Kollegen Oberbuchhalter Schränzle zugerufen: Archilochos ist ein Dichter, ein großer Prosaist. Schränzle läßt Sie übrigens grüßen. Ebenfalls Oberbuchhalter Häberlin. Mit Schmerz habe ich immer die untergeordnete Stellung wahrgenommen, die Sie in unserem geschätzten Hause einnehmen, welche doch ganz und gar nicht den überragenden Fähigkeiten entspricht, die Sie auszeichnen. Darf ich Ihnen übrigens ein Gläschen Vermouth –«

»Danke Herr Petit-Pierre«, sagte Archilochos, »ich bin Temperenzler.«

»Besonders scheint es mir skandalös, daß Sie unter Buchhalter B12GZ arbeiten, unter dieser nun wirklich mediokren Hilfskraft, unter diesem Herrn Rummler, oder wie er nun heißt.«

»Er hat mich eben zum Vizebuchhalter vorgeschlagen.«

»Sieht ihm ähnlich«, sagte OB9GZ ärgerlich, »Vizebuchhalter! Das würde ihm so passen! Sie, einen Mann von solchen Fähigkeiten! Hat doch die Petit-Paysan-Maschinenfabrik den Aufschwung der Geburtszangenproduktion im letzten Quartal ausschließlich Ihnen zu verdanken.«

»Aber Herr Petit-Pierre ...«

»Nicht zu bescheiden, mein Verehrtester, nicht zu bescheiden. Alles hat seine Grenzen. Da habe ich nun seit Jahren geduldig gewartet, gehofft, daß Sie sich vertrauensvoll an mich wenden, an Ihren treusten Freund und Bewunderer, und Sie harren unter diesem unerträglichen Burschen von einem Buchhalter einfach weiter aus, als Unterbuchhalter unter Unterbuchhaltern, in einem

Milieu, das nun wirklich nicht zu Ihnen paßt. Anstatt die Faust auf den Tisch zu schmettern! Die Bagage muß Ihnen doch greulich auf die Nerven gegangen sein. Da muß ich nun eben selber eingreifen. Ich bin zwar nur ein ohnmächtiger kleiner Oberbuchhalter im Labyrinth unserer Verwaltung, ein Nichts, ein Wicht. Habe aber mein Herz in beide Hände genommen. Den Mut, zu Ihren Talenten zu stehen, gehe nun die Welt unter oder nicht, muß schließlich einmal jemand haben, und würde es ihn auch den Kopf kosten. Zivilcourage, mein Lieber! Wenn wir die nicht mehr haben, ist es mit dem ethischen Wert der Petit-Paysan-Maschinenfabrik zu Ende, und wir haben die pure Diktatur der Bürokratie, wie ich immer trompete. Habe mit dem Ober-Personalchef unserer Abteilung telephoniert, der Sie übrigens auch grüßen läßt: wollte Sie eben zum Vizedirektor vorschlagen; könnte mir auch nichts Schöneres denken, als unter Ihnen, verehrter, lieber Herr Archilochos, weiter an unserem Unternehmen zu arbeiten, an der unablässigen Verfeinerung und Verbreitung der Geburtszange, doch ist mir Petit-Paysan selbst, der liebe Gott sozusagen, oder das Schicksal, wenn Sie wollen, leider leider zuvorgekommen, ein kleines persönliches Pech, was natürlich von Ihnen aus gesehen ein großes, wenn auch nicht unverdientes Glück bedeutet.«

»Petit-Paysan?«

Archilochos glaubte zu träumen.

»Das ist doch nicht möglich!«

»Er wünscht Sie noch heute, noch diesen Morgen, noch in dieser Stunde zu sehen, Herr Archilochos«, sagte OB9GZ.

»Aber ...«

»Kein aber.«

»Ich meine ...«

»Herr Archilochos«, sagte der Oberbuchhalter ernst und strich sich über seinen gepflegten Bart, »lassen Sie uns ehrlich miteinander reden. Von Mann zu Mann, von Freund zu Freund. Hand aufs Herz: Dies ist ein historischer Tag, ein Tag der Aussprache, der Klärung. Es ist mir ein Herzensbedürfnis, Ihnen ehrenwörtlich zu versichern, daß die Tatsache, daß ich Sie zum Vizedirektor vorgeschlagen habe, und die Tatsache, daß unser verehrter Petit-Paysan, Hut ab vor ihm, Sie zu sprechen wünscht, nicht das geringste miteinander zu tun haben. Im Gegenteil. Eben hatte ich den formellen Antrag Ihrer Beförderung diktiert, als Direktor Zeus mich rufen ließ.«

»Direktor Zeus?«

»Dem die Geburtszangenabteilung untersteht.«

Archilochos entschuldigte seine Unkenntnis. Er habe diesen Namen noch nie gehört.

»Ich weiß«, antwortete der Oberbuchhalter, »die Namen der amtierenden Direktoren sind in die Kreise der Buch- und Unterbuchhalter nicht gedrungen. Wozu auch. Diese Kulis haben zu schreiben, Wische über den Kanton Appenzell Innerrhoden zu verfertigen, oder über weiß Gott was für Nester, was, unter uns gesagt, lieber Herr Archilochos, keinen Menschen interessiert – Ihre Arbeit natürlich ausgenommen, auf die stürzen wir uns, die reißen wir Oberbuchhalter einander aus den Händen, zugegeben, Ihre Berichte über Baselland etwa, oder Costa Rica sind aber auch großartig, klassisch, wie ich schon sagte, doch die übrigen – überzahlte nutzlose Hanswurste, diese Buch- und Unterbuchhalter, predige, pfeife ich seit Urzeiten den Herren der Verwaltung vor.

Den ganzen Laden schmeiße ich Ihnen mit meinen Sekretärinnen alleine. Die Petit-Paysan-Maschinenfabrik ist doch keine Versorgungsanstalt für geistig Zurückgebliebene. Übrigens läßt Sie Direktor Zeus schön grüßen.«

»Danke schön.«

»Leider ist er nun im Spital.«

»Ach.«

»Nervenzusammenbruch.«

»Das tut mir aber leid.«

»Sehen Sie, lieber Freund, Sie haben die reinste Katastrophe in der Geburtszangendirektion angestellt. Sodom und Gomorrha sind ein harmloses Ofenfeuerchen dagegen. Petit-Paysan wünscht Sie zu sprechen! Nun gut, das ist sein Recht, der Herrgott kann schließlich auch den Vollmond zuspitzen, aber verwundern würden wir uns gleichwohl, täte er dies. Petit-Paysan und ein Unterbuchhalter! Das ist ungefähr das gleiche Wunder. Daß da so ein unglücklicher Direktor die Totenglocke bimmeln hört, dürfte wohl klar sein. Und der Vizedirektor? Der brach auch zusammen.«

»Aber warum denn?«

»Lieber, Verehrtester, weil Sie zum Geburtszangendirektor ernannt werden sollen, das dürfte doch jedem Wickelkind einleuchten, sonst hat doch dies alles keinen Sinn. Wen Petit-Paysan rufen läßt, wird Direktor, da haben wir unsere Erfahrung. Rausfliegen tut man durch den Oberpersonalchef.«

»Direktor? Ich?«

»Sicher. Die Beförderung ist schon Oberpersonalchef Feuz gemeldet, der Sie übrigens auch grüßen läßt.«

»Der Geburtszangenabteilung?«

»Vielleicht auch noch der Atomkanonen, wer weiß das. Oberpersonalchef Feuz hält alles für möglich.«

»Aber warum denn?« schrie Archilochos, der nichts mehr begriff.

»Liebster, Bester! Sie vergessen Ihre ausgezeichneten Berichte über Oberitalien ...«

Er bearbeite die Ostschweiz und das Tirol, verbesserte der Unterbuchhalter hartnäckig.

»Ostschweiz und Tirol, werfe die Landschaften etwas durcheinander, bin ja auch kein Geograph.«

»Das kann doch nicht ein Grund sein, mich zum Geburtszangendirektor zu ernennen.«

»Na, na.«

»Ich besitze doch gar nicht die Fähigkeit zu einem Direktor«, protestierte Archilochos.

OB9GZ schüttelte den Kopf und sah Archilochos mit einem rätselhaften Blick an, lächelte, so daß seine Goldzähne zum Vorschein kamen, und faltete die Hände über dem gepflegten Bauch. »Den Grund«, sagte er, »liebster, verehrtester Freund, den Grund, weshalb Sie zum Direktor befördert worden sind, müssen Sie wissen, nicht ich, und wenn Sie ihn nicht wissen, forschen Sie nicht. Es ist besser so. Nehmen Sie meinen Rat an. Es ist wohl das letzte Mal, daß wir uns gegenübersitzen. Direktoren und Oberbuchhalter pflegen nie miteinander zu verkehren, wäre auch ganz gegen das ungeschriebene Gesetz unseres vorbildlichen Hauses. Stand ich doch heute zum ersten Mal Direktor Zeus gegenüber, in der Stunde seines Untergangs freilich, während man den armen Vizedirektor Stüssi, der mein eigentlicher Vorgesetzter ist, und der allein mit den Oberbuchhaltern verkehrt, gerade auf einer Bahre hinaustrug, eine wahre Götterdämmerung.

Schweigen wir über diese eindrucksvolle Szene. Ihr Bedenken: Sie fürchten, das Metier eines Direktors nicht zu beherrschen. Bester, liebster Freund, das Metier eines Direktors beherrscht jeder, im Vertrauen gesagt, jeder Trottel ist dazu fähig. Sie haben nichts anderes zu tun, als einfach Direktor zu sein, als Direktor zu existieren, die Würde zu übernehmen, zu repräsentieren, Inder, Chinesen, Zulukaffern durch die Räume zu führen, Mitglieder der Unesco und des Ärzteverbandes und wer sich sonst noch in Gottes großer Welt für die edle Geburtszange interessiert. Die praktischen Angelegenheiten, der Betrieb, das Technische, die Berechnungen, die Planung, dies alles wird von den Oberbuchhaltern gedrechselt, um mich etwas frei einem verehrten Freund gegenüber auszudrücken. Da brauchen Sie sich keine grauen Haare wachsen zu lassen. Wichtig freilich wird sein, wen Sie sich zum Vizedirektor aus den Reihen der Oberbuchhalter erküren, Stüssi ist ja nun erledigt, war auch höchste Zeit, war zu sehr mit Direktor Zeus verbunden, eine Kreatur des hohen Herrn – nun ja, ich will mich über die fachliche Qualität Zeusens nicht äußern. Das ziemt sich nun wohl nicht. Er hat seinen Nervenzusammenbruch. Kritik liegt mir ferne. Es war ein Kreuz mit ihm, ganz unter uns gesprochen, war er doch unfähig, die Berichte über Dalmatien, die Sie, verehrtester Freund und Gönner, verfaßt haben, auch nur zu begreifen, und auch im übrigen ohne Schimmer – ich weiß, ich weiß, es war nicht Dalmatien, es war das Toggenburg oder die Türkei: Schwamm drüber, Sie sind zu höheren Zielen geboren. Adlergleich schwingen Sie sich über uns staunende Oberbuchhalter ins Blaue. Jedenfalls noch einmal im Vertrauen: Wir Oberbuchhalter freuen uns, Sie nun als

Direktor zu haben! Daß ich als Ihr bester Freund besonders Halleluja und Hosianna jauchze (hier wurden OB9GZ' Augen feucht), will ich nicht noch einmal betonen, das wäre nun doch zu ungehörig, sähe aus, als wollte gerade ich Vizedirektor werden, wenn ich auch der Rangälteste bin. Wie immer auch Ihre Wahl unter uns Oberbuchhaltern ausfallen wird, wen Sie nun auch zu Ihrem Stellvertreter ernennen werden, ich nehme die Wahl mit Demut entgegen, bleibe Ihr größter Verehrer – Kollege Spätzle möchte Sie noch sprechen, und dann Kollege Schränzle, aber ich fürchte, ich fürchte, ich muß Sie nun Hals über Kopf zu Petit-Paysan begleiten, um Sie in dessen Vorzimmer unbeschädigt abzuliefern, ist doch die Stunde vorgerückt. Kommen Sie nun also, Kopf hoch, genießen Sie Ihr Glück, sind ja auch der würdigste, der begabteste von uns allen, goldrichtig sozusagen, ein geniales Glückskind, die Geburtszangenabteilung wird sogar noch die Maschinengewehrabteilung mit Elan überflügeln, sehe ich voraus, mit Schwung und Kraft, verehrter, lieber Herr Direktor, wie ich nun wohl am besten gleich sage, darf ich bitten, ich habe die Ehre, es ist mir ein großes Vergnügen, wir nehmen denn auch gleich den Direktorenlift.«

10

Archilochos betrat mit OB9GZ niegeahnte Räume, Reiche aus Glas und unbekanntem Material, glänzend vor Sauberkeit, wunderbare Lifts, die ihn nach den oberen geheimnisvollen Stockwerken des Verwaltungsgebäudes hoben. Sekretärinnen schwebten, dufteten an ihm vorüber, lächelten, blonde, schwarze, braune und eine mit herrlichem zinnoberrotem Haar, Sekretäre machten ihm Platz, Direktoren verneigten sich, Generaldirektoren nickten ihm zu, sanfte Korridore nahmen ihn auf, über deren Türen bald rote, bald grüne Lämpchen aufleuchteten, die einzigen Anzeichen einer diskreten Verwaltungstätigkeit. Sie wandelten lautlos auf weichen Teppichen, schien doch jeder Lärm, auch das leiseste Räuspern, das verstohlenste Husten verpönt. Französische Impressionisten leuchteten an den Wänden (Petit-Paysans Bildersammlung war berühmt), eine Tänzerin von Degas, eine Badende von Renoir, Blumen dufteten in hohen Vasen. Je höher sie kamen, schwebten, desto menschenleerer wurden die Korridore und Hallen. Sie verloren das Sachliche, Übermoderne, Kalte, ohne die Proportionen zu ändern, wurden phantastischer, wärmer, menschlicher, Gobelins hingen nun an den Wänden, goldene Rokoko- und Louis-XIV-Spiegel, einige Poussins, einige Watteaus, ein Claude Lorrain, und als sie das letzte Stockwerk erreichten (OB9GZ, ebenso eingeschüchtert wie Archilochos, war er doch nie so weit vorgedrungen, verabschiedete sich hier), wurde der Unterbuchhalter von einem würdigen ergrauten Herrn in tadellosem Smoking in Empfang genommen, wohl von einem Sekretär, der den Griechen durch heitere Korridore und lichte Hallen führte, mit antiken Vasen und gotischen Madonnen, mit asiatischen Götzen und indianischen Wandteppichen. Nichts erinnerte mehr an die Herstellung von Atomkanonen und Maschinengewehren, vielleicht nur, daß man beim Anblick einiger Putten und Dreikäsehochs, die dem Unterbuchhalter von einem Rubensgemälde entgegenlachten, entfernt an Geburtszangen hätte denken können. Alles war heiter hier oben. Durch die Fenster schimmerte die Sonne als warme wohlige Scheibe, obwohl sie in Wirklichkeit in einem eiskalten Himmel stand. Bequeme Sessel und Kanapees standen herum, irgendwo war ein helles Lachen zu hören, das Archilochos in seinem grauen Arbeitskittel an das Lachen Chloés erinnerte, an den heiteren Sonntag, den er erlebt hatte, und der nun eine märchenhafte Fortsetzung nahm, irgendwo zitterte Musik, Haydn oder Mozart, kein Schreibmaschinengeklimper war vernehmbar, kein Hin- und Hergehen aufgeregter Buchhalter, nichts, das ihn an die Welt erinnerte, der er eben entstiegen war, die nun tief unter ihm lag wie ein böser Traum. Dann standen sie in einem hellen Raum, mit roter Seide ausgeschlagen, mit einem großen Gemälde, eine nackte Frau darstellend, wohl der berühmte Tizian, von dem man überall sprach, dessen Preis man sich überall zuflüsterte. Zierliche Möbelchen, ein kleiner Schreibtisch, eine kleine Wanduhr mit silbernem Ticktack, ein Spieltischchen mit einigen Sesselchen waren da und Blumen, Rosen, Kamelien, Tulpen, Orchideen, Gladiolen in verschwenderischer Fülle, als gäbe es keine

Jahreszeit, keine Kälte, keinen Nebel und keinen Winter. Kaum waren sie eingetreten, öffnete sich eine kleine Seitentüre und Petit-Paysan trat herein, angezogen wie der Sekretär, im Smoking, eine Dünndruckausgabe der Gedichte Hölderlins in der linken Hand, den Zeigefinger zwischen den Seiten. Der Sekretär ging hinaus. Archilochos und Petit-Paysan standen sich gegenüber.

»Nun«, sagte Petit-Paysan, »mein lieber Herr Anaximander –«

Sein Name sei Arnolph Archilochos, verbesserte der Unterbuchhalter und verneigte sich.

»Archilochos. Sehr gut. Wußte, daß Ihr Name so was Griechisches, Balkanisches war, mein lieber Herr Oberbuchhalter.«

»Unterbuchhalter«, stellte Archilochos seinen sozialen Stand richtig.

»Unterbuchhalter, Oberbuchhalter, das ist doch ziemlich dasselbe«, lächelte der Großindustrielle, »oder nicht? Wenigstens ich mache da keinen Unterschied. Wie gefällt denn Ihnen mein Aufenthaltsort da oben? Schöne Aussicht, muß ich selber sagen. Sie sehen die ganze Stadt, den Strom und sogar das Palais des Staatspräsidenten, von der Kathedrale ganz zu schweigen, und in der Ferne den Nordbahnhof.«

»Sehr schön, Herr Petit-Paysan.«

»Sie sind auch der erste der Atomkanonenabteilung, der dieses Stockwerk betritt«, gratulierte der Großindustrielle Archilochos, als hätte er eine sportliche Leistung vollbracht.

Er komme von der Geburtszangenabteilung, entgegnete Archilochos. Er bearbeite die Ostschweiz und das Tirol, gegenwärtig den Kanton Appenzell Innerrhoden.

»Schau, schau«, wunderte sich Petit-Paysan. »Sie kommen aus der Geburtszangenabteilung, wußte gar nicht, daß wir solche Apparate fabrizieren. Was ist denn das?«

Die Geburtszange, erklärte Archilochos, lateinisch ›Forceps‹, sei ein geburtshilfliches Instrument, welches bestimmt sei, beim Geburtsakt den Kopf des Kindes zu fassen, so daß die Entbindung schneller vonstatten gehen könne als bei der Wehentätigkeit allein. Die Petit-Paysan-Maschinenfabrik AG fabriziere Zangen verschiedener Konstruktion; bei allen aber unterscheide man einerseits die beiden gefensterten Löffel, die gekrümmt seien, um den Kopf zu umfassen und eine zweite Krümmung besäßen, die Beckenkrümmung; auch wohl noch eine Dammkrümmung, die sie zur Einführung geeignet mache; andererseits die Griffe, welche, kurz oder lang, in Holz oder Metall ausgeführt seien, die mit oder ohne besondere Handhaben und Quergriffe sein könnten; und dann unterscheide man noch das Schloß, das heißt die Vorrichtung, mittels der beide Löffel im Augenblick des Gebrauchs kreuzweise zu einer Zange bereitet würden. Die Preise...

»Sie beherrschen Ihre Materie ja ausgezeichnet«, lächelte der Großindustrielle. »Aber die Preise wollen wir uns ersparen. Nun, mein lieber Herr –«

»Archilochos.«

»Archilochos, um es kurz zu machen und Sie nicht länger auf die Folter zu spannen, ich ernannte Sie zum Direktor der Atomkanonen. Sie gestanden mir zwar eben, Sie gehörten der Geburtszangenabteilung an, von deren Existenz ich wirklich keine Ahnung hatte. Das überrascht mich ein wenig, muß irgendwo eine Verwechslung stattgefunden haben, ständig wird ja in einem solchen Riesenbetrieb irgend etwas verwechselt. Nun gut, das macht nichts, legen wir die beiden Abteilungen zusammen, betrachten Sie sich demnach als Direktor der Atomkanonen- und der Geburtszangenabteilung, werde die Pensionierung der betreffenden Direktoren anordnen. Ich freue mich, Ihnen die Beförderung persönlich mitteilen zu dürfen, und wünsche Ihnen Glück.«

»Herr Direktor Zeus von der Geburtszangenabteilung befindet sich bereits im Krankenhaus.«

»Ach, was hat er denn?«

»Nervenzusammenbruch.«

»Ei, da wird meine Absicht schon zu ihm gedrungen sein«, schüttelte Petit-Paysan verwundert den Kopf, »und dabei wollte ich doch den Direktor Jehudi von der Atomkanonenabteilung entlassen. Irgendwo sickert immer etwas nach unten, wird viel zu viel geschwatzt, nun gut, Direktor Zeus ist mir zuvorgekommen mit seinem Nervenzusammenbruch. Hätte ihn ja nun auch entlassen müssen. Hoffen wir nur, daß Direktor Jehudi seine Sistierung mit um so größerer Fassung entgegennehmen wird.«

Archilochos nahm sich zusammen und wagte Petit-Paysan mit seinem Dünndruckband zum ersten Mal offen anzusehen. »Dürfte ich fragen«, sagte er, »was dies alles bedeutet. Sie lassen mich rufen, Sie befördern mich zum Direktor der Atomkanonen- und der Geburtszangenabteilung. Ich bin beunruhigt, wie ich gestehen muß, weil ich dies alles nicht begreife.«

Petit-Paysan sah den Unterbuchhalter ruhig an, legte den Band Hölderlin auf das grüne Spieltischchen, setzte sich, lud mit einer Handbewegung Archilochos ein, sich ebenfalls zu setzen. Sie saßen einander im Sonnenlicht gegenüber, auf weichen Polstern, Archilochos wagte kaum zu atmen, so feierlich kam ihm die Szene vor. Endlich würde er den Grund der rätselhaften Vorfälle vernehmen, dachte er.

»Herr Petit-Paysan«, begann er deshalb von neuem mit schüchterner stockender Stimme: »Ich habe Sie immer verehrt, Sie sind Nummer drei in meinem sittlichen Weltgebäude, das ich mir zusammengezimmert habe, um einen moralischen Halt zu besitzen. Sie kommen unmittelbar nach unserem verehrten Staatspräsidenten und Bischof Moser von der Altneupresbyteranischen Kirche, das sei alles gestanden; um so mehr möchte ich Sie anflehen, mir den Grund Ihres Handelns zu erklären: Buchhalter Rummel und Oberbuchhalter Petit-Pierre wollen mir einreden, es sei meiner Berichte wegen über die Ostschweiz und über das Tirol, aber die liest doch kein Mensch.«

»Lieber Herr Agesilaos«, sagte Herr Petit-Paysan feierlich –

»Archilochos.«

»Lieber Herr Archilochos, Sie waren Buchhalter oder Oberbuchhalter – ich werde aus dem Unterschied, wie gesagt, nicht klug – und sind nun Direktor; das scheint Sie zu verwirren. Sehen Sie, mein lieber Freund, Sie müssen all diese für Sie merkwürdigen Vorgänge in weltweiten Zusammenhängen sehen, als einen Teil der mannigfaltigen Tätigkeit, die meine liebe Maschinenfabrik ausübt, fabriziert sie doch – wie ich heute zum ersten Mal zu meiner Freude höre – sogar ja auch Geburtszangen. Hoffentlich rentiert diese Fabrikation auch etwas.«

Archilochos strahlte.

Allein im Kanton Appenzell Innerrhoden habe man in

den letzten drei Jahren zweiundsechzig Stück abgesetzt, berichtete er.

»Hm, etwas wenig. Doch sei es. Wird sich eben mehr um eine humane Abteilung handeln. Es tut nur gut, daß wir zu den Dingen, die die Menschheit aus der Welt schaffen, auch Dinge fabrizieren, die sie hineinbringen. Ein gewisses Gleichgewicht muß eben bestehen, auch wenn nicht alles rentiert. Da wollen wir denn dankbar sein.«

Petit-Paysan machte eine Pause und sah dankbar aus.

»Hölderlin nennt den Kaufmann, den Industriellen somit, in seinem Gedicht Archipelagos ›fernhinsinnend‹«, fuhr er endlich fort, etwas seufzend. »Ein Wort, das mich erschüttert. So ein Betrieb ist ungeheuer, mein lieber Herr Aristipp, die Zahl der Arbeiter und Angestellten, der Buchhalter und der Sekretärinnen ist unmäßig, nicht mehr zu überblicken, kenne ich ja kaum die Direktoren und nur etwas flüchtig die Generaldirektoren, der Kurzsichtige geht in diesem Dschungel irre, nur wer fernsichtig nicht die Einzelheiten und Einzelschicksale, sondern das Ganze im Auge behält, das Fernziel nicht verliert, fernhinsinnend ist, wie eben der Dichter sagt – Sie kennen doch seine Werke –, nur wer immer aufs neue zu planen, immer neue Unternehmen aufzuziehen versteht, in Indien, in der Türkei, in den Anden, in Kanada, geht nicht unter in den Sümpfen der Konkurrenz und der Trusts. Fernhinsinnend: Bin eben dabei, mich mit dem Gummi- und Schmieröltrust zu verbinden. Das wird *das* Geschäft.«

Petit-Paysan machte eine neue Pause und sah fernhinsinnend aus.

»So plane, so arbeite ich«, sagte er dann, »webe ein

wenig mit am sausenden Webstuhl der Zeit. Wenn auch bescheiden nur. Was ist die Petit-Paysan-Maschinenfabrik neben dem Stahl-Trust oder den Allzeit-Freuden-Hütten, den Pestalozziwerken oder der Hösler-La Biche! Nichts! Aber wie steht es nun mit meinen Arbeitern und Angestellten? Mit all den Einzelschicksalen, die ich übersehen muß, das Ganze im Auge zu behalten? Diese Frage beschäftigt mich oft. Sind sie glücklich? Es geht um die Freiheit der Welt; sind meine Arbeiter frei? Ich habe soziale Unternehmungen eingerichtet, Mütter-, Väter-Erholungsheime, Sporthallen, Schwimmbäder, Kantinen, Gesundheitspillen, Theaterbesuche, Konzerte. Aber bleibt nicht die Welt, die ich beschäftige, im Materiellen stecken, im schmutzigen Geld? Eine Frage, die mich bis zur Peinlichkeit berührt. Ein Direktor bricht zusammen, nur weil ein anderer an seine Stelle kommt. Das ist doch ekelhaft. Wie kann man das Geld so wichtig nehmen. Nur der Geist zählt, lieber Herr Artaxerxes, es gibt nichts Verächtlicheres, Unwichtigeres als das Geld.«

Petit-Paysan machte eine weitere Pause und sah besorgt aus.

Archilochos wagte kaum, sich zu rühren.

Doch nun straffte sich die Gestalt des Großindustriellen, seine Stimme klang mächtig und kalt.

»Sie fragen, warum ich Sie zum Direktor ernannt habe. Es sei, ich will Ihnen die Antwort geben: Um die Freiheit nicht nur zu predigen, sondern auch durchzuführen. Ich kenne meine Angestellten nicht, begreife sie nicht, sie scheinen sich doch wohl nicht völlig zum rein geistigen Verstehen der Dinge durchgerungen zu haben, Diogenes, Albert Schweitzer, Franziskus scheinen nicht ihre Ideale zu sein im Gegensatz zu mir. Sie wollen die Meditation, das dienende Helfen, die Beglückung der Armut für das Blendwerk des sozialen Flitters hingeben. Nun gut, man gebe der Welt, was sie will. Diese Regel des Laotse habe ich stets beachtet. Darum gerade habe ich Sie zum Direktor ernannt. Damit auch in diesem Punkt Gerechtigkeit herrsche. Wer von der Pike auf dient, wer die Sorgen und Nöte der Angestellten von Grund auf kennt, soll auch Direktor sein. Ich plane das Gesamtunternehmen, doch wer mit den Buch- und Oberbuchhaltern, mit den Sekretären und den Sekretärinnen, mit den Ausläufern und Putzfrauen des Verwaltungsapparats in Berührung kommt, soll auch aus ihrer Reihe stammen. Direktor Zeus und Direktor Jehudi stammen nicht aus ihren Reihen, ich habe sie der inzwischen ruinierten Konkurrenz einst abgekauft als fix und fertige Direktoren. Laß fahren dahin. Es ist Zeit, daß wir unsere westliche Welt radikal verwirklichen. Die Politiker haben versagt. Versagt nun auch die Großindustrie, geht alles zu Grunde, lieber Herr Agamemnon. Nur schöpferisch ist der Mensch ganz Mensch, Ihre Ernennung stellt einen schöpferischen Akt dar, eine Tat des schöpferischen Sozialismus, den wir dem unschöpferischen Kommunismus entgegenstellen *müssen*. Das ist alles, was ich Ihnen zu sagen habe. Von nun an sind Sie Direktor, Generaldirektor. Doch zuerst nehmen Sie Ferien (fuhr er lächelnd fort), der für Sie bereitgestellte Scheck liegt an der Kasse. Richten Sie sich ein. Sah Sie neulich mit einer entzückenden Frau –«

»Meine Braut, Herr Petit-Paysan.«

»Sie sind im Begriff, sich zu verheiraten. Ich gratuliere Ihnen. Tun Sie es. Leider ist mir dieses Glück nicht beschieden. Ich ließ Ihnen ein Generaldirektorenjahresgehalt bereitstellen, wird auch noch verdoppelt, da Sie ja nun auch die Geburtszangenabteilung zur Atomkanonenabteilung übernehmen – habe ein wichtiges Gespräch mit Santiago zu führen –, leben Sie wohl, mein lieber Herr Anaxagoras...«

11

Kaum hatte Generaldirektor Archilochos, einst UB122GZ31, vom Sekretär zum Lift begleitet, den heiligsten Bezirk des Verwaltungsgebäudes verlassen, wurde er wie ein Fürst empfangen, von Generaldirektoren pathetisch umarmt, von Direktoren mit Bücklingen begrüßt, Sekretärinnen gurrten, schmeichelten um ihn herum, von ferne schlichen Oberbuchhalter herbei, irgendwo lauerte OB9GZ, triefend vor Ergebenheit, und aus der Atomkanonenabteilung wurde auf einer Bahre Direktor Jehudi getragen, in einer Zwangsjacke offensichtlich, nun erschöpft, ohnmächtig. Es hieß, er hätte das ganze Mobiliar seines Büros zertrümmert. Doch lockte Archilochos nichts als der Scheck, den er denn auch gleich in Empfang nahm. Wenigstens was Sicheres, dachte er, immer noch mißtrauisch, beförderte OB9GZ zum Vizedirektor der Geburtszangenabteilung, die Nummern UB122GZ28, UB122GZ29, UB122GZ30 zu Buchhaltern, gab noch einige Anweisungen, die Geburtszangenreklame im Kanton Appenzell Innerrhoden betreffend, und verließ das Verwaltungsgebäude.

Nun saß er in einem Taxi, zum ersten Mal in seinem Leben, erschöpft, hungrig, verwirrt von seinem rasenden Aufstieg, und ließ sich zu Madame Bieler fahren.

Die Stadt lag unter einem klaren Himmel in eisiger Kälte. Überdeutlich waren die Dinge im grellen Licht, die Paläste, die Kirchen, die Brücken, die große Fahne über dem Staatspräsidenten-Palais wie erstarrt, der Strom wie ein Spiegel, die Farben lagen nebeneinander ohne ineinander zu fließen, wie abgezirkelt lagen die Schatten auf den Straßen und Boulevards.

Archilochos betrat die Pinte, die Türe klingelte wie immer, und er zog seinen schäbigen Wintermantel aus.

»Mein Gott«, sagte Georgette hinter ihrer Theke, sich eben einen Campari einschenkend, von Flaschen und Gläsern umgeben, die im kalten Sonnenlicht funkelten: »Mein Gott, Monsieur Arnolph! Was ist denn jetzt nur los mit Ihnen? Sie sehen müde und bleich aus, übernächtig, und besuchen uns um eine Zeit, wo Sie doch längst in Ihrer Menschenschinderei beschäftigt sein sollten! Stimmt etwas nicht? Haben Sie zum ersten Mal mit einer Frau geschlafen oder Wein getrunken? Sind Sie entlassen worden?«

»Im Gegenteil«, sagte Archilochos und setzte sich in seine Ecke.

Auguste brachte die Milch.

Was hier ›im Gegenteil‹ heiße, fragte Georgette verwundert, sich eine Zigarette anzündend und den Rauch in die schrägen Sonnenstrahlen blasend.

»Ich bin diesen Vormittag zum Generaldirektor der Atomkanonen- und Geburtszangenabteilung ernannt worden. Von Petit-Paysan persönlich«, berichtete Archilochos immer noch außer Atem.

Dann brachte Auguste eine Schüssel Apfelmus, Nudeln und Salat.

»Hm«, brummte Georgette, die von der Angelegenheit nicht einmal besonders erschüttert schien: »Und wieso?«

»Aus schöpferischem Sozialismus.«

»Auch etwas. Und wie war es gestern mit der Griechin?«

»Wir haben uns verlobt«, sagte Archilochos verlegen und errötete.

»Das ist vernünftig«, lobte Madame Bieler. »Was ist sie denn von Beruf?«

»Dienstmädchen.«

»Muß eine merkwürdige Stelle sein«, meinte Auguste, »wenn sie sich einen solchen Mantel leisten kann.«

»Ruhe!« wies ihn Georgette zurecht.

Sie hätten einen Spaziergang gemacht, erzählte Arnolph, und alles sei so sonderbar gewesen, so eigenartig, fast wie im Traum. Alle Leute hätten ihn plötzlich gegrüßt, aus Autos heraus und von Autobussen herab, der Staatspräsident, Bischof Moser, der Maler Passap und der amerikanische Botschafter, der ihm Hallo zugerufen habe.

»Aha«, sagte Georgette.

»Auch Maître Dutour grüßte«, fuhr Arnolph fort, »und Hercule Wagner, wenn auch nur mit einem Zwinkern.«

»Mit einem Zwinkern«, wiederholte Georgette.

»So eine«, brummte Auguste.

»Schweig«, herrschte ihn Madame Bieler an, so heftig, daß er sich mit seinen flimmernden Beinen hinter den Ofen verkroch. »Du hast hier gar nichts zu bemerken, das ist keine Männerangelegenheit! Und nun wollen Sie Ihre Chloé wohl auch gleich heiraten, denke ich«, wandte sie sich von neuem an Archilochos und trank ihren Campari leer.

»So schnell als möglich.«

»Das ist klug. Bei Frauen muß man handeln, besonders

wenn sie Chloé heißen. Und wo wollen Sie denn wohnen mit Ihrer Griechin?«

Er wisse es nicht, seufzte Archilochos ratlos, mit seinem Apfelmus und seinen Nudeln beschäftigt. »In meiner Mansarde natürlich nicht mehr, von wegen der Wasserspülungen und der schlechten Luft. Vorläufig in einer Pension.«

»Ach was, Monsieur Archilochos«, lachte Georgette, »ein Mann mit Ihren Moneten. Gehen Sie ins ›Ritz‹, da gehören Sie hin. Und von jetzt ab zahlen Sie hier den doppelten Preis. Generaldirektoren muß man schröpfen, sonst sind sie zu gar nichts mehr nütze.«

Dann schenkte sie sich einen neuen Campari ein.

Als Archilochos gegangen war, blieb es eine Zeitlang still bei ›Chez Auguste‹; Madame Bieler wusch Gläser, und ihr Mann saß regungslos hinter dem Ofen.

»So eine«, sagte endlich Auguste und rieb sich die hageren Beine. »Als ich zweiter war in der Tour de France, hätte ich auch einmal so eine haben können, mit Pelzmantel, teurem Parfüm und mit einem Großindustriellen, einem Herrn von Zünftig – besaß Kohlenbergwerke in Belgien. Wäre wohl nun auch Generaldirektor von einer Abteilung.«

»Unsinn«, sagte Georgette und trocknete sich die Hände. »Du bist nicht zu Höherem geboren. So eine heiratet dich nicht. Bei dir gibt es nichts zu erwecken. Archilochos ist ein Sonntagskind, das habe ich immer gespürt, und ein Grieche. Wirst sehen, wie sich der noch entwickelt. Der taut noch auf, und wie. Die Frau ist prima. Daß sie endlich von ihrem Geschäft loskommen will, ist nur natürlich. Es ist schließlich auch anstrengend auf die Dauer und alles andere als immer angenehm. Das wollen die alle von dieser Sorte, das wollte auch ich. Den meisten gelingt es freilich nicht, die enden wirklich in der Gosse, wie man immer predigt, einigen langt es gerade zu einem Auguste mit nackten Beinen und einem gelben Radfahrerkostüm – eh bien, ich bin auch zufrieden damit, wenn wir schon von dieser Zeit sprechen, und einen Großindustriellen habe ich nie gehabt. Da hatte ich das berufliche Format nicht. Bei mir verkehrten nur kleinbürgerliche Kreise, einige vom Finanzamt und einmal ein Aristokrat für vierzehn Tage, der Graf Dodo von Malchern, der letzte seiner Familie, schon lange beerdigt. Aber der Chloé wird es gelingen. Die hat ihren Archilochos, und das wird was Feines.«

12

Unterdessen fuhr Archilochos in einem Taxi zur Weltbank und dann zu einem Reisebüro am Quai de l'Etat. Er betrat einen weiten Raum, mit Landkarten und farbigen Plakaten an den Wänden: ›Besucht die Schweiz. Der sonnige Süden lockt dich. Mit der Air France nach Rio. Das grüne Irland.‹ Angestellte mit höflichen, glatten Gesichtern. Schreibmaschinengeklapper. Neonlicht. Fremde mit seltsamen Sprachen.

Er möchte nach Griechenland reisen, sagte Archilochos. Nach Korfu, nach dem Peloponnes, nach Athen.

Die Agentur vermittle keine Reisen auf Kohlendampfern, bedauerte der Angestellte.

Er möchte mit der ›Julia‹ reisen, wandte Archilochos ein. Er wünsche eine Luxuskabine für sich und seine Frau.

Der Angestellte blätterte in einem Kursbuch, gab einem spanischen Zuhälter (Don Ruiz) die Daten eines Zugs. Es seien keine Plätze auf der ›Julia‹ mehr frei, sagte er endlich und wandte sich einem Kaufmann aus Kairo zu.

Archilochos verließ das Reisebüro und setzte sich in das wartende Taxi. Überlegte. Wer der beste Schneider in der Stadt sei, fragte er dann den Chauffeur.

Der wunderte sich. »O'Neill-Papperer in der Avenue Bikini und Vatti in der Rue St. Honoré«, gab er zur Antwort.

»Der beste Friseur?«

»José am Quai Offenbach.«

»Das erste Hutgeschäft?«

»Goschenbauer.«

»Wo kauft man die besten Handschuhe?«

»Bei De Stutz-Kalbermatten.«

»Gut«, sagte Archilochos. »Zu diesen Geschäften.« So fuhren sie zu O'Neill-Papperer in der Avenue Bikini und zu Vatti in der Rue St. Honoré, zu José am Quai Offenbach und zu De Stutz-Kalbermatten, dem Handschuh-, und zu Goschenbauer, dem Hutgeschäft. Er kam durch tausend Hände, die an ihm nestelten, maßen, säuberten, schnitten, rieben, veränderte sich zusehends, stieg stets eleganter, duftender in das Taxi, nach Goschenbauer mit einem silbergrauen Edenhut auf dem Kopf, und fuhr am späten Nachmittag wieder vor dem Reisebüro am Quai de l'Etat vor.

Er wünsche eine Luxuskabine mit zwei Betten auf der ›Julia‹, sagte er mit unveränderter Stimme zu dem Angestellten, der ihn abgewiesen hatte, den silbergrauen Edenhut auf die Glasfläche legend.

Der Beamte begann ein Formular auszufüllen. »Die ›Julia‹ fährt nächsten Freitag. Korfu, Peloponnes, Athen, Rhodos und Samos«, sagte er. »Darf ich um Ihren Namen bitten?«

Aber nachdem Arnolph die zwei Billette bezahlt und sich entfernt hatte, wandte sich der Angestellte zum spanischen Zuhälter, der immer noch herumlungerte und Reiseprospekte durchblätterte, um hin und wieder den Besuch einiger Damen zu empfangen, die (ebenfalls Prospekte studierend) Geldscheine in seine vornehmen, schmalen Hände gleiten ließen.

»Skandalös, Señor«, meinte der Angestellte angewidert und auf spanisch (das von der Abendschule stammte),

»da kommt ein Straßenputzer oder Schornsteinfeger, verlangt zwei Billette für die ›Julia‹, die wirklich nur für die Aristokratie und für die allererste Gesellschaft reserviert ist (er verneigte sich vor Don Ruiz), nimmt doch der Prinz von Hessen an der nächsten Fahrt teil, Mrs. und Mr. Weeman und die Loren – und wie man ihm dies anständigerweise verweigert, aus Menschenfreundlichkeit noch, da er sich sonst ja nur blamieren würde, kehrt der Kerl zurück in seiner ganzen Frechheit, gekleidet wie ein Lord, reich wie ein Schlotbaron, und ich muß ihm die Billette ausliefern – was vermag ich gegen das Kapital. Drei Stunden braucht so ein Schurke für seine Karriere. Schätze Bankeinbruch, Vergewaltigung, Raubmord oder Politik.«

»Wirklich empörend«, antwortete darauf Don Ruiz auf spanisch (das von der Abendschule stammte).

Archilochos dagegen, während es schon eindunkelte und die Lichter aufleuchteten, fuhr über die neue Brücke nach dem Boulevard Künnecke, zum Wohnsitz des Bischofs der Altneupresbyteraner der vorletzten Christen, doch fand er vor der kleinen Villa im viktorianischen Stil Bibi vor, mit zerbeultem Hut, zerrissen und verschmutzt, auf dem Trottoirrand sitzend, nach Fusel stinkend und gegen eine Straßenlaterne gelehnt, eine Zeitung lesend, die er im Rinnstein gefunden hatte.

»Wie bist denn du gekleidet, Bruder Arnolph?« fragte dieser, pfiff durch die Zähne, schnalzte mit der Zunge, schneuzte mit den Fingern und faltete die schmutzige Zeitung sorgfältig zusammen.

»Was trägst denn du für Klamotten? Prima Kluft.«

»Ich bin Generaldirektor geworden«, sagte Arnolph.

»Sieh mal einer an!«

»Ich werde dich als Buchhalter einstellen in der Geburtszangenabteilung, wenn du mir versprichst, dich zusammenzunehmen. Ordnung muß sein.«

»Nein, Arnolph, meine Natur ist nicht fürs Büro geschaffen. Hast du zwanzig Lappen?«

»Was ist schon wieder?«

»Gottlieb ist eine Fassade hinuntergesaust, Arm kaputt.«

»Welche Fassade?«

»Die von Petit-Paysan.«

Archilochos wurde böse, das erste Mal in seinem Leben.

»Gottlieb hat bei Petit-Paysan nicht einzubrechen«, herrschte er den verwunderten Bruder an, »er hat überhaupt nicht einzubrechen. Petit-Paysan ist mein Wohltäter. Aus schöpferischem Sozialismus hat er mich zum Generaldirektor ernannt, und nun verlangst du noch Geld von mir, Geld, das ich schließlich von Petit-Paysan habe.«

»Wird nicht mehr vorkommen, Bruder Arnolph«, antwortete Bibi mit Würde, »war eine bloße Übung, Gottlieb hat sich auch nur verrechnet. Er wollte beim Gesandten von Chile nach Pinke suchen, dort ist die Fassade auch kommoder. Er hat sich bei der Nummer geirrt, ist ja auch noch ein unschuldiges Kind. Nun gibst du die Lappen?« – und er zeigte seine hohle Bruderhand.

»Nein«, sagte Archilochos, »solche Gaunereien kann ich nicht unterstützen. Ich muß jetzt zum Bischof.«

»Werde auf dich warten, Bruder Arnolph«, sagte Bibi unerschütterlich und entbreitete die Zeitung aufs neue: »Habe die Weltgeschichte zu übersinnen.«

13

Bischof Moser, dick und rosig, im schwarzen pfarrherrlichen Kleide und steifen, weißen Kragen, empfing Archilochos in seinem Studierzimmer, in einem kleinen, hohen, verrauchten Raum, nur von einem Lämpchen erleuchtet, mit Büchern umstellt, geistlichen und weltlichen, mit einem hohen Fenster hinter schweren Vorhängen, durch das der Schein der Straßenlampe fiel, unter der Bruder Bibi wartete.

Der Besucher stellte sich vor. Er sei eigentlich Unterbuchhalter, heute jedoch Generaldirektor der Atomkanonen- und der Geburtszangenabteilung in der Petit-Paysan-Maschinenfabrik geworden.

Bischof Moser betrachtete ihn wohlgefällig.

»Ich weiß, guter Freund«, lispelte er. »Sie besuchen die Gottesdienste von Prediger Thürcker in der Heloisen-Kapelle, nicht wahr? Bin auch ein wenig im Bilde über unsere liebe altneupresbyteranische Gemeinde. Seien Sie willkommen.«

Der Bischof schüttelte dem Generaldirektor kräftig die Hand.

»Nehmen Sie Platz«, sagte er, wies ihm einen bequemen Lehnstuhl an und setzte sich hinter seinen Schreibtisch.

»Danke«, sagte Archilochos.

»Bevor Sie mir Ihr Herz ausschütten, möchte ich Ihnen meines ausschütten«, lispelte der Bischof. »Nehmen Sie eine Zigarre?«

»Ich bin Nichtraucher.«

»Ein Gläschen Wein? Schnaps?«

»Ich bin Temperenzler.«

»Gestatten Sie, daß ich mir eine Zigarre genehmige? So mit einer Dannemann läßt sich gar traulich reden und köstlich beichten von Mensch zu Mensch. Sündige tapfer, sagte Luther, und ich möchte sagen: Rauche tapfer, und hinzufügen: Trinke tapfer. Sie erlauben doch?«

Er füllte ein kleines Glas mit Schnaps, den er in einer alten Flasche hinter den Büchern verwahrte.

»O bitte«, sagte Archilochos etwas verstört. Es tat ihm leid, daß sein Bischof doch nicht ganz dem Vorbild entsprach, das er stets für ihn gewesen war.

Bischof Moser steckte sich eine Dannemann in Brand.

»Sehen Sie, lieber Bruder, wie ich wohl sagen darf, es war schon längst mein Herzenswunsch, einmal mit Ihnen zu plaudern (er stieß die ersten Dannemannwolken von sich). Aber mein Gott, was hat auch so ein Bischof alles zu tun. Da muß man Altersheime besuchen, Jugendlager organisieren, gefallene Mädchen in christlichen Heimen unterbringen, den Sonntagsschul- und den Konfirmandenunterricht inspizieren, Kandidaten examinieren, die Neupresbyteraner traktieren, unseren Predigern den Kopf waschen. Man hat tausend Dinge und Dingelchen zu tun und kommt zu nichts Rechtem. Da hat mir nun unser lieber Thürcker immer von Ihnen geplaudert, haben Sie doch noch nie eine Gemeindeandacht verfehlt und einen doch wahrlich seltenen Eifer für unsere Gemeinschaft an den lieben langen Tag gelegt.«

Der Besuch der Gemeindeandachten sei ihm ein Herzensbedürfnis, stellte Archilochos schlicht fest.

Bischof Moser schenkte sich ein zweites Gläschen Schnaps ein.

»Sehen Sie. Mit Vergnügen habe ich das stets vernommen. Und nun ist unser verehrtes Mitglied des altneupresbyteranischen Weltkirchenrates vor zwei Monaten zu seinem himmlischen Vater heimgegangen, und da dachte ich schon seit einiger Zeit, ob nicht gerade Sie der geeignete Mann für diesen ehrenamtlichen Posten wären, was sich ja mit Ihrem Berufe als Generaldirektor wohl kombinieren ließe – man müßte nur die Atomkanonenabteilung vielleicht nicht zu sehr betonen –, brauchen wir doch Männer, die mit beiden Füßen mitten im harten und oft grauslichen Lebenskampf stehen, Herr Archilochos.«

»Aber Herr Bischof ...«

»Nun, nehmen Sie an?«

»Es ist mir eine unverhoffte Ehre ...«

»Dann darf ich Sie dem Weltkirchenrat vorschlagen?«

»Wenn Sie meinen ...«

»Ich will nicht verhehlen, daß der Weltkirchenrat meinen Vorschlägen willig und oft nur allzu willig folgt. Stehe ich so doch nur allzu oft im Geruch, ein eigenwilliger Kirchenpapst zu sein. Sind alles gemütliche Herren und gute Christen freilich, das will ich dem Weltkirchenrat zubilligen, die froh sind, wenn ich ihnen das Organisatorische abnehme und hin und wieder auch für sie denke, eine Beschäftigung, die leider nicht immer jedermanns Sache ist, auch nicht die des Weltkirchenrats. Die nächste Sitzung, zu der Sie sich als Kandidat zu begeben hätten, findet in Sidney statt. Im Mai. Ist ja auch ein Gottesgeschenk, so ein Reischen, man lernt Land und Leute kennen, fremde Sitten, fremde Bräuche, die Not, die Probleme der lieben Menschheit auch in anderen Zonen. Die Spesen übernimmt selbstverständlich die altneupresbyteranische Kirche.«

»Ich bin beschämt.«

»Dies ist mein Anliegen«, lispelte der Bischof, »kommen wir nun zu Ihrem. Von Mann zu Mann gesprochen, Herr Generaldirektor. Errate ich den Grund doch schon. Sie trachten, sich zu verehelichen, sich mit einem trauten Weibe zu verbinden. Sah Sie gestern zwischen dem Krematorium und dem Landesmuseum, grüßte auch, mußte nur schleunigst in ein düsteres Nebengäßchen entwischen, ein altes, sterbendes Weiblein liegt mir dort am Herzen – auch so eine Stille im Lande.«

»Gewiß doch, Herr Bischof.«

»Nun, habe ich es erraten?«

»Es ist so.«

Bischof Moser schloß die griechische Bibel, die vor ihm lag.

»War ein schmuckes Frauchen«, sagte er. »Wünsche Ihnen Glück. Wann soll denn die Hochzeit sein?«

»Morgen. In der Heloisen-Kapelle wenn möglich – und wenn Sie die Trauung vollziehen könnten, wäre ich glücklich.«

Der Bischof war irgendwie verlegen.

»Eigentlich ist dies die Aufgabe des amtierenden Predigers«, stellte er fest. »Thürcker vollzieht die Trauungen vortrefflich, hat auch ein besonders wohltönendes Organ.«

»Ich bitte Sie, eine Ausnahme zu machen«, bat Archilochos, »wenn ich jetzt schon Weltkirchenrat werden soll.«

»Hm. Glauben Sie, mit den gesetzlichen Formalitäten durchzukommen?« fragte der Bischof. Irgend etwas war ihm sichtlich peinlich.

»Ich werde Maître Dutour damit beauftragen.«

»Dann ja«, gab der Bischof endlich nach. »Sagen wir morgen, in der Heloisen-Kapelle, nachmittags um drei? Dürfte ich den Namen der Braut noch erfahren und ihre Personalien?«

Der Bischof notierte sich das Nötige.

»Herr Bischof«, sagte Archilochos, »meine beabsichtigte Heirat ist wohl ein zureichender Grund, Ihre Zeit in Anspruch zu nehmen, doch nicht der wichtigste, wenn ich so sagen darf, wenn es nicht ein Frevel ist, so was überhaupt auszusprechen, denn es kann doch nicht leicht etwas Wichtigeres geben, als die Verpflichtung einzugehen, mit einer Frau zusammenzusein ein Leben lang. Aber dennoch ist mir in dieser Stunde etwas noch viel wichtiger, weil es mir so schwer auf dem Herzen liegt.«

»Sprechen Sie sich aus, lieber Generaldirektor«, antwortete der Bischof freundlich. »Courage. Wälzen Sie sich Ihre Sorgen von der Seele, sei es nun eine menschliche oder eine allzumenschliche Last.«

»Herr Bischof«, sagte Archilochos verzagt und setzte sich in seinem Lehnstuhl aufrechter, schlug auch die Beine übereinander, »verzeihen Sie mir, wenn ich vielleicht wirres Zeug rede. Noch diesen Morgen war ich ganz anders gekleidet, schäbig, ich sage es frei heraus, und der Anzug, den ich trug, als Sie mich Sonntag sahen, war mein Konfirmandenanzug, und jetzt stecke ich plötzlich in den teueren Kleidungsstücken von O'Neill-Papperer und Vatti. Ich bin geniert, Herr Bischof, Sie müssen doch denken, ich sei nun völlig der Welt und ihrem Blendwerk verfallen, wie Prediger Thürcker immer sagt.«

»Im Gegenteil«, lächelte der hohe geistliche Herr: »Ein angenehmes Äußeres, eine gefällige Kleidung ist nur zu loben, besonders heutzutage, wo es doch in gewissen Kreisen, die einer gottlosen Philosophie nacheifern, Mode geworden ist, sich auffällig salopp und beinahe bettlerhaft zu kleiden, mit farbigen Hemden über den Hosen und ähnlichen seltsamen Greueln. Eine anständige Mode und Christentum schließen einander keineswegs aus.«

»Herr Bischof«, fuhr Archilochos, mutiger geworden, fort: »Es kann einen Christenmenschen wohl beunruhigen, denke ich, wenn mit einem Male Unglück über Unglück über ihn hereinbricht. Wie ein Hiob mag er sich da vorkommen, dem die Söhne und Töchter dahinstarben, und der mit Armut und Aussatz behaftet wurde; aber um so mehr wird er sich dabei doch trösten können und das Unglück als eine Folge seiner Sünden ansehen dürfen. Doch wenn das Gegenteil eintritt, wenn sich Glücksfall über Glücksfall häuft, da glaube ich, muß doch erst eigentlich Grund zur Beunruhigung sein, denn das ist dann doch völlig unerklärlich: Wo wäre ein Mensch, der dies alles verdiente?«

»Mein lieber Herr Archilochos«, lächelte Bischof Moser, »die Schöpfung ist nun eben so gemacht, daß dieser Fall kaum einmal eintritt. Die Kreatur ist seufzend, wie Paulus sagt, und so seufzen denn wir alle unter mehr oder weniger sich häufenden Unglücksfällen, die wir freilich auch nicht zu tragisch nehmen dürfen und eben mehr im Sinne Hiobs begreifen sollen, was Sie so schön und richtig gesagt haben, fast wie Prediger Thürcker. Ein Fall, wie Sie ihn vorhin andeuteten, diese Häufung jedes nur möglichen Glücks, dürfte wohl schwerlich irgendwo aufzutreiben und vorzuweisen sein.«

»Ich bin so ein Fall«, sagte Archilochos.

Es war still im Studierzimmer, und es war immer dunkler geworden; der Tag draußen völlig erloschen, finstere Nacht herrschte, und von der Straße her drang fast kein Laut, nur hin und wieder das Summen eines vorbeifahrenden Autos, die verhallenden Schritte eines Fußgängers.

»Ich werde von einem Glück nach dem andern betroffen«, fuhr der ehemalige Unterbuchhalter leise fort, in seinem tadellosen Straßenanzug, eine Chrysantheme im Knopfloch (der silbergraue Edenhut, die blendendweißen Handschuhe und der elegante Pelzmantel befanden sich in der Garderobe), »auf eine Heiratsannonce im ›Le Soir‹ hin meldet sich das reizendste Mädchen, welches mich auf den ersten Blick liebt, und das ich auf den ersten Blick liebe, wie in einem billigen Kino geht alles zu, fast schäme ich mich, davon zu reden, die ganze Stadt beginnt mich zu grüßen, wie ich mit diesem Mädchen durch die Straßen gehe, der Staatspräsident, Sie, alle möglichen wichtigen Persönlichkeiten, und heute mache ich die unwahrscheinlichste Karriere in weltlichen und kirchlichen Bezirken, steige aus dem Nichts, von der jämmerlichen Existenz eines Unterbuchhalters zum Generaldirektor und zum Weltkirchenrat auf – das ist doch alles unerklärlich und beunruhigt mich tief.«

Der Bischof sagte lange kein Wort, sah mit einem Male alt und grau aus und stierte vor sich hin, hatte auch die Dannemann in den Aschenbecher gelegt, wo sie nutzlos und erkaltet liegenblieb.

»Herr Archilochos«, sagte der Bischof endlich, nun mit einem Male nicht mehr lispelnd und mit veränderter, fester Stimme, »Herr Archilochos, all diese Vorgänge, die Sie mir da an diesem stillen Abend unter vier Augen erzählen, sind freilich seltsam und außergewöhnlich. Was nun auch für Ursachen ihnen zu Grunde liegen, so glaube ich doch, daß nicht diese uns unbekannten Ursachen (hier zitterte seine Stimme, und das Lispeln machte sich einen Moment lang wieder bemerkbar) wichtig oder gar entscheidend sind, liegen sie doch in der Sphäre der Menschen, und hier sind wir alle Sünder, sondern wichtig ist, was dies alles bedeutet: daß Sie ein begnadeter Mensch sind, auf den sich eben die Gnadenbeweise aufs sichtbarste häufen. Nicht der Unterbuchhalter Archilochos hat sich nun zu behaupten, sondern der Generaldirektor und Weltkirchenrat Archilochos, und es kann sich nur darum handeln, daß Sie nun auch beweisen, ob Sie all diese Gnade verdienen. Nehmen Sie diese Ereignisse ebenso demütig hin, wie Sie es tun würden, wenn es Unglücksfälle wären, das ist alles, was ich Ihnen darüber zu sagen verstehe. Vielleicht haben Sie nun einen besonders schweren Weg zu gehen, den Weg des Glücks, der nur darum den meisten Menschen nicht auferlegt wird, weil sie ihn noch weniger zu begehen wüßten als den Weg des Unglücks, welchen wir hienieden in der Regel zu wandeln haben. Leben Sie jetzt wohl (mit diesen Worten erhob er sich), wir sehen uns morgen in der Heloisen-Kapelle wieder, wenn Ihnen wohl vieles klarer geworden ist, und ich kann nur beten, daß Sie meine Worte nicht vergessen, was sich auch fürderhin mit Ihnen ereignet.«

14

Nach dem Gespräch mit Bischof Moser in dessen verrauchter Stube mit den Klassikern und den Bibeln an den Wänden, mit dem Schreibtisch und den schweren Vorhängen, und nachdem auch Bruder Bibi, zeitunglesend (›Le Soir‹) unter des Bischofs Fenster, sein Geld erhalten hatte, wäre der Weltkirchenrat am liebsten unverzüglich nach dem Boulevard Saint-Père gefahren; doch schlug es erst sechs von der Jesuitenkirche her am Place Guillaume, und so beschloß er, doch bis acht zu warten, wie es ausgemacht war, auch wenn er sich schmerzlich ausmalte, daß so Chloés Dienstmädchenexistenz um zwei unnötige Stunden verlängert wurde. Er nahm sich vor, noch heute mit ihr ins ›Ritz‹ zu ziehen, traf auch die nötigen Anstalten, bestellte zwei Zimmer, eines im ersten und eines im fünften Stock, weder das Mädchen in Verlegenheit, noch sich als Weltkirchenrat in ein falsches Licht zu bringen. Dann versuchte er Maître Dutour aufzutreiben, leider vergeblich. Es hieß, der Advokat und Notar sei ausgegangen, eine Hausübergabe zu vollziehen. So hatte er denn mehr als anderthalb Stunden Zeit. Er bereitete sich vor, kaufte Blumen, erkundigte sich nach einem geeigneten Restaurant, ins alte alkoholfreie gegenüber dem Weltgesundheitsamt wünschte er nicht zu gehen, und auch ›Chez Auguste‹ kam nicht gut in Frage, fühlte er doch mit geheimem Schmerz, daß er sich mit seiner eleganten Kleidung dort ausgeschlossen hatte. Was wollte er nun in einem Anzug O'Neill-Papperers neben dem Maillot jaune Monsieur Bielers! Er beschloß deshalb, wenn auch mit schlechtem Gewissen, im ›Ritz‹ selber zu speisen, alkoholfrei natürlich, bestellte einen Tisch und begab sich mit freudiger Erwartung in die Passap-Ausstellung, die er zufällig in der Galerie Nadelör, dem ›Ritz‹ gerade gegenüber, entdeckte, und die des Andrangs wegen auch abends besucht werden konnte. Es waren auch Passaps letzte Bilder ausgestellt (Winkel von 60°, Ellipsen und Parabeln), die Archilochos mit Begeisterung inmitten von Amerikanerinnen, Journalisten und Malern andächtig betrachtete, mit seinen Blumen (weiße Rosen) durch die hellen Säle wandernd. Doch stutzte er vor einem Bild in Kobaltblau und Ocker, auf welchem doch eigentlich nichts anderes als zwei Ellipsen und eine Parabel zu sehen waren. Er starrte das Bild entgeistert mit rotem Kopf an, die Blumen krampfhaft umklammernd, schoß mit einem Male davon, von panischem Entsetzen gepackt und schweißgebadet, auch von einem Schüttelfrost überfallen, und stürzte sich in ein Taxi, nicht ohne sich vorher bei Herrn Nadelör, der im schwarzen Smoking lächelnd und händereibend neben der Kasse stand, nach der Adresse des Malers erkundigt zu haben; worauf der Kunsthändler, ohne einen Mantel zu nehmen, Archilochos sogleich nachfuhr, auch mit einem Taxi, seine Prozente sicherzustellen, vermutete er doch einen geheimen Kauf. Passap wohnte in der Rue Funèbre in der Altstadt, die das Taxi (jenes mit Nadelör dicht hintendrein) über die Marschall-Vögeli-Allee erreichte, nur mit großer Mühe freilich, da die Anhänger Fahrcks' gerade eine Massenkundgebung veranstalteten, mit den Bildern des Anarchisten auf langen Stangen, mit roten Fahnen und riesigen Transparenten ›Weg mit dem Staatspräsidenten!‹, ›Verhindert den Vertrag von Lugano!‹ usw. Irgendwo hielt Fahrcks selbst eine Rede. Tosendes Gebrüll und Gekreisch erfüllte die Luft, Pfiffe gellten, Pferdegetrampel, und wie nun die Polizei mit Gummiknütteln und Wendrohren zu hantieren begann, wurden auch das Taxi des Generaldirektors und jenes des Kunsthändlers begossen, der unglücklicherweise wohl aus Neugier ein Fenster geöffnet hatte. Doch bogen in diesem Augenblick beide Fahrzeuge mit ihren fluchenden Chauffeuren bei Vrener und Pott in die Altstadt ein. Die schlecht gepflasterten Straßen stiegen steil hinauf an baufälligen Häusern und Kaschemmen vorbei. In Scharen standen Dirnen herum, wie schwarze Vögel, winkten und zischten, und so kalt war es, daß sich die nassen Automobile schon längst mit Eis überzogen hatten. Vor Nummer dreiundvierzig (wo Passap wohnte), in der schlecht beleuchteten Rue Funèbre, stieg Archilochos, die weißen Rosen immer noch im Arm, denn auch aus einem Märchenfahrzeug, das mit funkelnden und klirrenden Eiszapfen behangen war, und hieß den Taxifahrer warten, von Straßenjungen umlagert, die sich an seine Hosenbeine klammerten, drang dann an einer bösartigen und betrunkenen Concierge vorbei ins Innere des alten, hohen Hauses und begann endlose Treppen zu steigen, die so morsch waren, daß sein Fuß einigemale durch die Stufen brach und er, ans hölzerne Geländer geklammert, im Leeren hing. Er stieg mühsam von Etage zu Etage, Sprießen in den schmerzenden Händen, fast im Dunkeln, forschte bei den alten Türen nach, ob Passaps Name irgendwo zu finden sei, den Atem Nadelörs hinter sich, den er immer noch nicht beachtete. Es war bitter kalt im

Treppenhaus, irgendwo klimperte ein Klavier, und irgendwo schlug ein Fenster auf und zu. Hinter einer Tür kreischte eine Frau und johlte ein Mann, und es roch nach wüsten Orgien. Archilochos stieg immer höher, sank wieder einmal bis zum Knie ein, geriet in ein Spinnennetz, über seine Stirne lief ein dickes, halberfrorenes Ungeziefer, welches er ärgerlich fortwischte. Endlich fand er, den Pelzmantel von Vatti und das schöne neue Kleid von O'Neill-Papperer verstaubt und die Hosen schon aufgerissen, doch mit heilen Blumen, am Ende einer schmalen und steilen Estrich-Treppe quer auf einer wackligen Türe den Namen Passaps riesenhaft mit Kreide geschmiert. Er klopfte. Zwei Treppen weiter unten lauerte in der eisigen Kälte Nadelör. Keine Antwort. Er klopfte noch ein zweites, dann ein drittes, viertes Mal. Niemand. Der Weltkirchenrat drückte die Falle nieder, die Türe war unverschlossen, und er trat ein.

Es war ein unermeßlicher Estrich, in welchem er sich nun befand, eine Tenne beinahe, ein Balkengewirr mit verschiedenen Böden. Überall standen Negergötzen herum, überall aufgestapelte Bilder, leere Rahmen, Plastiken, seltsam gebogene Drahtgestelle, ein glühender Eisenofen mit einem überlangen, sich grotesk windenden Rohr, überall Wein- und Whiskyflaschen, ausgedrückte Tuben, Farbkübel, Pinsel, überall Katzen, und auf den Stühlen türmten sich Bücher und lagen auf dem Boden herum. In der Mitte des Raums stand Passap in einem offenbar einst weißen Malermantel, nun aufs farbigste bekleckst, und spachtelte an einem Bild auf der Staffelei herum, Parabeln und Ellipsen, während vor ihm, in Ofennähe, ein fettes Mädchen auf einem wackligen Stuhle saß, splitternackt, mit langen blonden Haaren, die

Arme hinter dem Nacken verschränkt. Der Weltkirchenrat stand wie versteinert (sah er doch zum ersten Mal eine nackte Frau) und wagte kaum zu atmen.

»Wer sind Sie?« fragte Passap.

Archilochos stellte sich vor, etwas verwundert über die Frage, hatte ihn doch am Sonntag der Maler gegrüßt.

»Was wollen Sie?«

»Sie haben meine Braut Chloé gemalt, nackt«, würgte der Grieche hervor.

»Sie meinen das Bild ›Venus, 11. Juli‹, das jetzt in der Galerie Nadelör hängt.«

»Eben.«

»Zieh dich an«, herrschte Passap das Modell an, das hinter einem Wandschirm verschwand, betrachtete dann Archilochos lange und aufmerksam, eine Pfeife im Mund, deren Rauch in das Gewirr der Balken kräuselte.

»Und?«

»Mein Herr«, entgegnete Archilochos aufs würdigste, »ich bin ein Verehrer Ihrer Kunst. Ich habe Ihre Tätigkeit mit Begeisterung verfolgt, ja Sie sogar zu Nummer vier meiner Weltordnung erhoben.«

»Weltordnung? Was ist denn das für ein Blödsinn?« fragte Passap, neue Farbberge (Kobaltblau und Ocker) auf seine Palette häufend.

»Ich habe eine Liste der würdigsten Vertreter unserer Zeit verfaßt, eine Liste meiner sittlichen Vorbilder.«

»Nun?«

»Mein Herr, trotz der Begeisterung, die ich für Sie empfinde, trotz meiner Verehrung, muß ich Sie bitten, eine Erklärung abzugeben. Es ist sicher nicht alltäglich, daß ein Bräutigam seine Braut nackt als Venus abgebildet sieht. Auch wenn es sich um ein abstraktes Gemälde handelt, muß doch ein empfindungsvoller Betrachter den Gegenstand erkennen.«

»Allerhand«, sagte Passap, »dazu sind meine Kritiker nicht fähig.«

Dann prüfte er Archilochos aufs neue, trat auf ihn zu, betastete ihn wie ein Pferd, trat wieder einige Schritte zurück und kniff die Augen zusammen.

»Ziehen Sie sich aus«, sagte er dann, goß sich Whisky in ein Glas, trank und stopfte sich eine neue Pfeife.

»Aber ...«, versuchte Arnolph zu protestieren.

»Kein aber«, herrschte ihn Passap an, mit so bösen kleinen, schwarzen, stechenden Augen, daß Archilochos verstummte. »Ich will Sie als Ares malen.«

»Ares?«

»Der Kriegsgott der Griechen«, erklärte Passap. »Ich habe jahrelang nach dem geeigneten Modell gesucht, nach dem Pendant zu meiner Venus: Sie sind es. Der typische Wüterich, der Liebhaber des Schlachtgetümmels, der Veranstalter von Blutbädern. Sie sind Grieche?«

»Gewiß, aber ...«

»Sehen Sie.«

»Herr Passap«, begann Archilochos endlich. »Sie irren sich. Ich bin kein Wüterich, weder ein Veranstalter von Blutbädern, noch ein Liebhaber des Schlachtgetümmels. Ich bin ein friedliebender Mensch, Weltkirchenrat der altneupresbyteranischen Kirche, streng alkoholfrei und enthalte mich jeglichen Rauchens. Außerdem bin ich Vegetarier.«

»Unsinn«, sagte Passap. »Was sind Sie von Beruf?«

»Generaldirektor der Atomkanonenabteilung und der ...«

»Da haben wir's«, unterbrach ihn Passap. »Doch ein

Kriegsgott. Und ein Wüterich. Sie sind nur gehemmt und noch nie auf die Lebensform gekommen, die Ihnen liegt. Sie sind auch der geborene Säufer und Erotiker, der herrlichste Ares, der mir je vorgekommen ist. Ziehen Sie sich denn also aus, aber schleunigst. Ich habe zu malen und nicht zu schwatzen.«

»Nicht, wenn sich dieses Fräulein noch im Raum befindet, das Sie eben gemalt haben«, protestierte Archilochos.

»Fort mit dir, Catherine. Er schämt sich«, schrie der Maler. »Ich brauche dich erst morgen wieder, meine Fette!«

Das dicke Mädchen mit den blonden Haaren, nun angekleidet, verabschiedete sich. Als sie die Türe öffnete, stand Nadelör vor ihr, schlotternd vor Kälte und vereist.

»Ich muß protestieren«, rief der Kunsthändler heiser. »Ich muß protestieren, Herr Passap, wir haben doch abgemacht ...«

»Scheren Sie sich zum Teufel!«

»Ich schlottere vor Kälte«, rief der Kunsthändler verzweifelt aus, »wir haben abgemacht ...«

»Erfrieren Sie.«

Das Mädchen schloß die Türe, man hörte sie draußen die Treppe hinuntersteigen.

»Nun«, fragte der Maler Archilochos unwillig, »noch nicht aus den Hosen?«

»Bitte«, antwortete der Generaldirektor und entkleidete sich. »Auch das Hemd?«

»Alles.«

»Die Blumen? Sie sind nämlich für meine Braut.«

»Legen Sie sie auf den Boden.«

Der Weltkirchenrat legte die Kleider säuberlich über

einen Stuhl, klopfte sie aus (so verstaubt waren sie durch das mühsame Treppensteigen) und stand endlich nackt da.

Er fror.

»Rücken Sie den Stuhl an den Ofen.«

»Aber ...«

»Stehen Sie auf den Stuhl und nehmen Sie eine Boxerstellung ein, die Arme im Winkel von 60°«, befahl Passap. »Gerade so habe ich mir einen Kriegsgott immer vorgestellt.«

Der Stuhl wackelte sehr, doch Archilochos gehorchte.

»Sind stark fett«, brummte der Maler ärgerlich, sich aufs neue Whisky einschenkend, »habe dies nur manchmal bei Weibern gern, doch das läßt sich eliminieren. Die Hauptsache ist die Visage und der Brustkasten. Die vielen Haare darauf sind gut, besonders martialisch. Auch die Schenkel sind noch in Ordnung. Legen Sie aber auch die Brille ab, die zerstört mir sonst die ganze Illusion.«

Dann begann er zu malen, Winkel von 60°, Ellipsen und Parabeln.

»Mein Herr«, begann der Weltkirchenrat von neuem (in Boxerstellung), »Sie sind mir eine Erklärung ...«

»Schweigen Sie«, donnerte Passap. »Wenn hier jemand redet, bin ich es. Daß ich Ihre Braut gemalt habe, ist die natürlichste Sache der Welt. Ein grandioses Weib. Sie werden ja ihre Brüste kennen.«

»Mein Herr ...«

»Und ihre Schenkel, ihren Nabel.«

»Ich muß doch ...«

»Nehmen Sie wieder eine anständige Boxerstellung ein, zum Teufel«, fauchte der Maler, Ocker in dicken

Bergen auftragend und dann Kobaltblau. »Nicht einmal nackt kennen Sie Ihre Braut und verloben sich.«

»Sie treten auf meine Blumen. Weiße Rosen.«

»Na wenn schon. Eine Offenbarung, Ihre nackte Braut, mußte mich zwingen, nicht zum plattesten Naturalisten zu werden, oder zum frischfrommfröhlichfreien Impressionisten vor so prächtigem Fleisch, vor einer so atmenden Haut. Ziehen Sie doch den Bauch ein, Herrgott noch einmal! Nie besaß ich ein göttlicheres Modell als Chloé mit ihrem herrlichen Rücken, den vollendeten Schultern und den zwei prallen Hinterbakken, wie die beiden Hälften des Weltgebäudes; man kommt auf kosmische Ideen, sieht man so was. Das Malen machte mir Freude wie lange nicht mehr. Lieb ich doch sonst die Weiber gar nicht zum Malen, nur hin und wieder so eine fette wie eben. Geben künstlerisch nichts Besonderes her, da ist so ein Mann anders: da sind gerade die Abweichungen vom klassischen Ideal das Interessante. Aber bei Chloé! Bei der ist alles noch eine Einheit wie im Paradies, die Beine, die Arme, der Hals wachsen aufs natürlichste aus dem Leib, und der Kopf ist noch ein Weiberkopf. Habe auch eine Plastik davon gemacht: Hier!«

Er wies auf ein wirres Drahtgebilde.

»Aber ...«

»Boxerstellung einnehmen«, wies Passap den Weltkirchenrat zurecht, trat dann einige Male zurück, prüfte sein Bild, änderte eine Ellipse, hob die Leinwand von der Staffelei und schraubte eine andere fest.

»So«, befahl er, »jetzt gehen Sie in die Knie. Ares nach dem Schlachtgetümmel. Neigen Sie sich mehr vor, ich habe Sie schließlich nicht alle Tage zur Verfügung.«

Archilochos, verwirrt und vom Ofen halb geröstet, wehrte sich nur noch schwach.

»Ich möchte Sie doch wirklich bitten«, sagte er, wurde jedoch von Nadelör unterbrochen, der in den Estrich hereinschlotterte, ein wandelnder, klirrender Eisklumpen, voll Mißtrauen, ein Bild werde verkauft.

Passap wurde wild.

»Hinaus mit Ihnen!« schrie er, und der Kunsthändler verzog sich aufs neue in die arktische Kälte des Treppenhauses.

»Die Kunst ist meine Erklärung«, sagte dann der Maler endlich, Whisky trinkend, malend und gleichzeitig dem Kater flattierend, der auf seine Schultern geklettert war, »und ob Ihnen diese Erklärung genügt oder nicht, ist mir gleichgültig. Ich habe etwas aus Ihrer nackten Braut gemacht, ein Meisterwerk an Proportionen, an Flächenaufteilung und Rhythmus, an Farbe, an malerischer Poesie, eine Welt von Kobaltblau und Ocker! Sie dagegen wollen aus Chloé etwas ganz anderes machen, wenn Sie die erst einmal nackt zu Ihrer Verfügung haben. Wohl ein Mammachen mit Kinderchen. Sie zerstören ein Meisterwerk der Schöpfung, mein Herr, nicht ich, der ich dieses Meisterwerk verherrliche, ins Absolute, ins Endgültige, ins Traumhafte steigere.«

»Es ist Viertel nach acht«, rief Archilochos erschrokken aus, gleichzeitig durch die Erklärung des Malers erleichtert.

»Nun?«

»Um acht habe ich mit Chloé abgemacht«, erklärte Arnolph ängstlich und wollte, nun von Katzen umschnurrt, von seinem Stuhle steigen. »Sie wartet im Boulevard Saint-Père auf mich.«

»Da soll sie eben weiter warten. Bleiben Sie in Ihrer Stellung«, schrie Passap, »die Kunst ist wichtiger als Ihre Liebesaffäre!« und malte weiter.

Archilochos stöhnte auf. Der Kater, grau mit weißen Pfoten, war nun auf seine Schulter geklettert, und seine Krallen schmerzten ihn.

»Ruhe«, befahl Passap, »bewegen Sie sich nicht.«

»Die Katze.«

»Der Kater ist in Ordnung, nicht Sie«, ärgerte sich der Maler, »wie kann man sich nur einen so enormen Bauch zulegen und dies noch ohne Alkohol.«

In der Estrichtüre kam Nadelör aufs neue zum Vorschein (eisüberzogen, erstarrt). Er sei durchfroren, klagte er, mit einer so heiseren Stimme, daß sie fast nicht zu vernehmen war.

»Kein Mensch befiehlt Ihnen, vor meiner Türe auszuharren, und in meinem Atelier will ich Sie nicht haben«, antwortete Passap grob.

»Sie machen mit mir Geschäfte«, krächzte der Kunsthändler und mußte niesen, brachte jedoch die Hand nicht aus der Tasche, da die Ärmel an der Hose festgefroren waren.

»Im Gegenteil, Sie machen mit mir Geschäfte«, donnerte der Maler. »Hinaus!«

Der Kunsthändler verzog sich zum dritten Mal.

Auch Archilochos wagte nun nichts mehr zu sagen. Passap trank Whisky, malte Winkel von 60°, Parabeln und Ellipsen, häufte Kobalt auf Ocker und Ocker auf Kobalt, und nach einer halben Stunde durfte sich der Generaldirektor anziehen.

»Hier«, sagte Passap und drückte ihm das Drahtgestell in die Arme, »stellen Sie das neben Ihr Ehebett, mein

Hochzeitsgeschenk. Damit Sie sich der Schönheit Ihrer Braut erinnern, wenn sie verblüht. Und eines Ihrer Porträts schicke ich Ihnen zu, wenn es trocken ist. Und nun machen Sie, daß Sie fortkommen. Ich kann Weltkirchenräte und Generaldirektoren fast noch weniger leiden als Kunsthändler. Ihr Glück, daß Sie wie der griechische Kriegsgott aussehen, sonst hätte ich Sie schon längst hinausgeschmissen, nackt, das können Sie mir glauben!«

15

Nachdem Archilochos den Maler verlassen hatte, in einem Arm die weißen Rosen und im andern das Drahtgestell, das seine nackte Braut darstellen sollte, traf er auf der schmalen und steilen Estrichtreppe, die eigentlich mehr eine Leiter war, den Kunsthändler Nadelör, unter dessen Nase sich nun Eisklumpen gebildet hatten und der sich, aufs jämmerlichste durchfroren im eisigen Zugwind, da oben an die Wand preßte.

»Sehen Sie«, klagte der Vereiste, fast unhörbar und wie aus einer Gletscherspalte heraus, »ich habe es mir gedacht. Sie haben etwas gekauft, ich protestiere.«

»Es ist ein Hochzeitsgeschenk«, erklärte Arnolph und begann vorsichtig die Treppe hinunterzusteigen, durch die Blumen und die Drahtplastik behindert, ärgerlich über sein unsinniges Abenteuer, war es doch bald neun Uhr; doch ließ die Treppe ein hastigeres Hinuntersteigen nicht zu.

Der Kunsthändler folgte ihm.

»Sie sollten sich schämen«, reklamierte Nadelör, soweit seine Worte überhaupt zu verstehen waren, »hörte, wie Sie zu Passap bemerkten, Sie seien Weltkirchenrat. Skandalös. Modell zu stehen in diesem Beruf! Splitternackt!«

»Darf ich Sie bitten, mir die Plastik zu halten«, bat nach einiger Zeit Archilochos notgedrungen (zwischen dem dritten und vierten Stockwerk, in der Nähe der immer noch kreischenden Frau und des johlenden Mannes), »nur einen Augenblick, ich bin mit dem Fuß durch die Treppe gebrochen.«

»Unmöglich«, hauchte Nadelör, »ohne Prozente rühre ich keine Plastik an.«

»Dann die Blumen.«

»Kann nicht«, entschuldigte sich der Kunsthändler, »meine Ärmel sind festgefroren.«

Endlich erreichten sie die Straße. Das Auto mit den Eiszapfen glänzte silbern. Nur der Kühler war eisfrei, und der Motor lief. Im Innern war es kalt, die Heizung sei nicht in Ordnung, erklärte der frierende Chauffeur.

»Boulevard Saint-Père 12«, sagte Archilochos, froh, seine Braut nun bald zu sehen.

Eben wollte sich der Wagen in Bewegung setzen, als der Kunsthändler an die Scheibe klopfte.

»Ich muß Sie bitten, mich mitzunehmen«, war aus der Eismasse undeutlich zu vernehmen, als sich Arnolph, der die Scheibe niederließ, dem schimmernden Gebilde entgegenneigte. Er sei unfähig, noch einen Schritt weiterzugehen, und in die Altstadt kämen selten Taxis.

»Unmöglich«, sagte Archilochos, er müsse dringend in den Boulevard Saint-Père und habe sich hier schon viel zu lange aufgehalten.

»Sie als Christ und Weltkirchenrat können mich doch nicht im Stich lassen«, antwortete Nadelör empört. »Ich beginne schon ans Trottoir anzufrieren.«

»Steigen Sie ein«, sagte Archilochos und öffnete die Wagentüre.

»Etwas wärmer hier, scheint mir«, meinte der Kunsthändler, als er endlich neben Archilochos saß. »Hoffentlich taue ich auf.«

Doch als sie in den Boulevard Saint-Père einbogen, war Nadelör noch nicht aufgetaut, auch mußte er das Taxi ebenfalls verlassen. Der Chauffeur wollte nicht nach dem Quai zurück. Er hatte genug von der Kälte und fuhr davon. So standen sie denn beide vor der Gittertüre mit den Putten und Delphinen, mit der roten Lampe, die nun erloschen war, und den zwei großen steinernen Sockeln. Archilochos zog an der altertümlichen Vorrichtung. Niemand kam. Der Boulevard war menschenleer, und nur von ferne drangen der Lärm und die Schreie der protestierenden Fahrcks-Anhänger herüber.

»Mein Herr« sagte Archilochos, beunruhigt über seine Verspätung, die Blumen und die Drahtplastik in den Armen, »ich muß Sie nun verlassen.«

Er öffnete entschlossen die Gittertüre, doch folgte Nadelör auch ins Innere des Parks.

Was er denn noch wünsche, fragte Arnolph verärgert, da er den vereisten Kunsthändler nicht los wurde.

Er müsse nach einem Taxi telephonieren, erklärte der Galeriebesitzer.

»Ich kenne die Leute hier nur flüchtig –«

»Sie als Weltkirchenrat –«

»Bitte«, sagte Archilochos, »bitte. Kommen Sie –« Die Kälte war unbarmherzig. Der Kunsthändler klirrte beim Gehen wie ein Glockenspiel. Die Tannen und Ulmen standen bewegungslos, riesige Sterne funkelten am Himmel, rot und gelb, und das silberne Band der Milchstraße. Zwischen den Stämmen leuchteten die Fenster einer Villa in gedämpftem Gold, die eigentlich, da sie näher kamen, ein Rokokoschlößchen war, etwas verschnörkelt, mit schlanken Säulen, alles übersponnen vom Geäst wilden Weins, das man in der klaren Nacht deutlich erkennen konnte. Zum Eingang führte eine sanft geschwungene Treppe. Er war hell erleuchtet und ohne Schild, nur eine schwere Klingel hing herunter, doch öffnete wieder niemand.

Noch eine Minute in dieser Kälte, klagte der Kunsthändler, und er sei erfroren.

Archilochos drückte auf die Klinke. Die Türe war unverschlossen. Er gehe einmal nachschauen, sagte er.

Auch Nadelör kam mit.

»Sind Sie verrückt?« zischte Archilochos.

»Ich kann doch nicht draußen in dieser Kälte ...«

»Ich kenne dieses Haus nicht.«

»Sie als Christ ...«

»Dann warten Sie hier«, befahl Arnolph.

Sie waren in eine Halle gedrungen. Möbel, die Archilochos an die Wohnung Petit-Paysans erinnerten, Blumen und Spiegelchen, wohlige Wärme überall. Schon begann der Kunsthändler aufzutauen, und kleine Bäche flossen an ihm herunter.

»Stehen Sie nicht auf den Teppich«, herrschte ihn der Weltkirchenrat an, nun doch etwas ängstlich beim Anblick des triefenden Galeriebesitzers.

»Bitte«, sagte der und stellte sich neben den Schirmständer. »Wenn ich nur bald telephonieren darf.«

»Ich werde den Hausherrn benachrichtigen.«

»Möglichst bald.«

»Halten Sie nun wenigstens die Drahtplastik«, schlug Archilochos vor.

»Nur gegen Prozente.«

Arnolph stellte das Kunstwerk neben Nadelör und öffnete eine Türe, blickte in einen kleinen Salon mit einem Sofa, mit einem Teetischchen, mit einem Spinett und zierlichen Sesselchen. Er räusperte sich. Der Salon war leer, doch hörte er hinter einer Flügeltüre Schritte. Offenbar Mister Weeman. Er durchquerte den Salon, klopfte.

»Herein!«

Arnolph fand zu seiner Verwunderung Maître Dutour vor.

16

Maître Dutour, ein kleiner, beweglicher Mann mit schwarzem Schnurrbart und einer weißen Künstlermähne, stand an einem großen schönen Tisch, in einem Raum mit hohen goldenen Spiegeln, der hell erleuchtet war, von einem Lüster voller Kerzen, der strahlend wie ein Weihnachtsbaum an der Decke hing.

»Ich habe Sie erwartet, Herr Archilochos«, sagte Maître Dutour, sich verbeugend, »darf ich bitten, Platz zu nehmen.«

Er wies dem Weltkirchenrat einen Sessel an und setzte sich ihm gegenüber. Auf dem Tisch war ein Dokument ausgebreitet.

Er begreife nicht, sagte Archilochos.

»Mein lieber Herr Generaldirektor«, lächelte der Advokat, »ich habe das Vergnügen, Ihnen dieses Haus als Geschenk übergeben zu dürfen. Es ist von keiner Hypothek belastet und in vorzüglichem Zustand, außer der Westseite des Daches, die einmal ausgebessert werden sollte.«

Er verstehe nicht, sagte Archilochos, zwar verwundert, aber durch die verschiedenen Glücksfälle nun schon etwas abgehärtet und in Übung. »Würden Sie mir erklären...«

»Der bisherige Eigentümer des Hauses wünscht seinen Namen nicht zu nennen.«

Er sei im Bilde, erklärte Arnolph, es handle sich um Mr. Weeman, um den berühmten Archäologen und Ausgraber griechischer Altertümer, so eines alten Tempels mit kostbaren Standbildern, im Moos versunken, und goldenen Säulen.

Maître Dutour stutzte, starrte Archilochos verwundert an und schüttelte den Kopf. Er dürfe keine Auskunft geben, beteuerte er endlich, der bisherige Eigentümer wünsche, sein Haus in griechischen Händen zu wissen und sei glücklich, in Archilochos einen Mann gefunden zu haben, der diesen Bedingungen entspräche. In der Zeit der Korruption und der Sittenlosigkeit, fuhr er fort, in einer Zeit, in der die unnatürlichsten Verbrechen die natürlichsten zu sein schienen, in der jegliches Rechtsdenken zerfalle und in der männiglich zu den handfesten Faustregeln primitiver Epochen greife, verlöre ein Jurist jegliche Hoffnung, je einen Sinn zu sehen in seinem Bestreben nach Ordnung, nach Gerechtigkeit, wenn nicht hie und da ein Akt der reinsten Nächstenliebe vorzubereiten und durchzuführen wäre wie eben die Übergabe dieses Schlößchens jetzt. Die Dokumente seien bereit, der Herr Generaldirektor habe sie nur flugs durchzulesen und seinen Namen darunterzusetzen. Die vom Staat geforderte Steuer – der Moloch wolle sein Opfer haben – sei ebenfalls bezahlt.

»Danke schön«, sagte Archilochos.

Der Maître las die Dokumente vor, und der Weltkirchenrat setzte seinen Namen darunter.

»Das Schlößchen gehört nun Ihnen«, sagte der Advokat und erhob sich.

Archilochos erhob sich ebenfalls. »Mein Herr«, sagte er feierlich, »lassen Sie mich die Freude ausdrücken, mit einem Manne zusammengekommen zu sein, den ich stets verehrte. Sie verteidigten den armen Hilfsprediger. Nur das Fleisch vergewaltigte den Geist, haben Sie damals ausgerufen, die Seele blieb unbesudelt, ein Wort, das sich mir tief einprägte.«

»O bitte«, meinte Dutour, »ich tat nur meine Pflicht. Leider wurde der Hilfsprediger geköpft, bin noch immer untröstlich darüber, habe ich doch zwölf Jahre Zuchthaus vorgeschlagen, wenn auch das Schlimmste vermieden werden konnte: gehängt wurde er nicht.«

Ob er ihn noch einen Augenblick belästigen dürfe, sagte Archilochos.

Dutour verneigte sich.

»Ich bitte Sie, verehrter Maître, die Papiere zu meiner Heirat vorzubereiten.«

»Sie sind vorbereitet«, antwortete der Advokat, »Ihre liebe Braut hat mich bereits gebeten.«

»O«, rief Arnolph erfreut aus, »Sie kennen meine liebe Braut!«

»Ich hatte das Vergnügen.«

»Ist sie nicht wunderbar?«

»Sehr.«

»Ich bin der glücklichste Mensch der Welt.«

»Wen schlagen Sie als Trauzeugen vor?«

Daran habe er noch gar nicht gedacht, gab Archilochos zu.

Er würde den amerikanischen Botschafter empfehlen und den Rektor der Universität, schlug Dutour vor.

Arnolph zögerte.

Er besitze bereits die Zustimmung, sagte der Maître. »Es ist nicht nötig, weitere Schritte zu unternehmen. Die Heirat erregt in der Gesellschaft Aufsehen, hat sich doch Ihre erstaunliche Karriere überall herumgesprochen, mein lieber Herr Archilochos.«

»Aber die Herren kennen doch meine Braut nicht!«

Der kleine Advokat warf die Künstlermähne zurück, strich sich über den Schnurrbart und betrachtete Arnolph beinahe boshaft.

»Oh, ich glaube doch«, sagte er.

»Ich verstehe«, leuchtete es Archilochos ein. »Die Herren waren Gäste Gilbert und Elizabeth Weemans.«

Wieder stutzte Maître Dutour und schien verwundert. »Sozusagen«, sagte er dann.

Arnolph war nicht recht begeistert. »Ich bewundere den Rektor der Universität zwar sehr.«

»Na also.«

»Doch der amerikanische Botschafter ...«

»Sie haben politische Bedenken?«

»Das nicht«, antwortete Archilochos verlegen. »Mister Forster-Monroe nimmt in meinem sittlichen Weltgebäude schließlich den fünften Platz ein, doch gehört er der altpresbyteranischen Kirche an, deren Dogma der Allversöhnung ich nicht zu teilen vermag, glaube ich doch unerschütterlich an die Ewigkeit der Höllenstrafen.«

Der Maître schüttelte den Kopf. »Ich will Ihrem Glauben nicht zu nahe treten«, sagte er, »doch brauchen Sie sich nicht zu grämen. Die Ewigkeit der Höllenstrafen und Ihre Heirat sollten doch nicht sehr viel miteinander gemeinsam haben.«

Archilochos atmete auf: »Das meine ich eigentlich auch«, sagte er.

Dann dürfe er sich verabschieden, meinte der Maître und schloß die Mappe: »Die amtliche Trauung findet punkt zwei im Hôtel de Ville statt.«

Arnolph wollte ihn hinausbegleiten.

Er gehe lieber durch den Park, sagte der kleine Advokat, schob einen roten Vorhang auseinander und öffnete eine Glastüre: »Dies ist der kürzeste Weg.«

Eisige Luft strömte ins Zimmer.

»Er muß hier oft zu Gast gewesen sein«, dachte Archilochos, als die schnellen Schritte des Maîtres in der Nacht verhallten, und stand einige Augenblicke auf der Terrasse, zu der die Glastüre führte. Er betrachtete das Funkeln der Sterne über den Bäumen. Er fror und schritt ins Zimmer zurück, schloß die Türe. »Die Weemans müssen ein großes Haus geführt haben«, murmelte er.

17

Archilochos begann das kleine Rokokoschloß zu durchwandern, das nun ihm gehörte. Es hatte ihm geschienen, als seien von einem Nebenraume her leichte Schritte zu hören gewesen, doch fand er niemanden. Alles war erleuchtet, bald durch große, weiße Kerzen, bald durch Lämpchen. Er ging durch Zimmer und kleine Säle, über weiche Teppiche, an graziösen Möbelchen vorbei. An den Wänden waren alte, manchmal etwas zerschlissene kostbare Tapeten mit blaßgoldenen Lilien auf silbergrauem Grund und herrliche Bilder, die er jedoch nicht so recht anzusehen wagte, sondern deretwegen er mehrere Male errötete, waren doch auf ihnen meistens nackte Damen abgebildet, zu denen sich hin und wieder Herren im gleichen natürlichen Zustande gesellten. Chloé fand er nirgends. War er zuerst planlos herumgeirrt, so folgte er nun einer farbigen Spur, ausgeschnittenen blauen, roten und goldenen Papiersternen nämlich, die auf den weichen Teppichen lagen und offenbar die Fährte darstellten, der er nachzuspüren hatte. Er gelangte denn auch über eine schmale unvermutete Wendeltreppe, die er durch eine geheime Tapetentüre erreichte, ins obere Geschoß (lange war er unentschlossen vor der Wand stehengeblieben, an der die Sterne aufhörten, bis er die Türe entdeckt hatte); auf jeder Stufe lag entweder ein Papierstern oder ein Papierkomet und einmal auch der Planet Saturn mit seinem Ring, dann der Mond, dann die Sonne. Archilochos wurde von Schritt zu Schritt, von Stufe zu Stufe zaghafter, der Mut hatte ihn verlassen, und die alte Ängstlichkeit war wieder über ihn gekommen. Er atmete schwer und umklammerte die weißen Rosen, welche er nie aus der Hand gelassen hatte, auch beim Gespräch mit Maître Dutour nicht. Die Wendeltreppe endete in einem runden Zimmer mit einem großen Schreibtisch und drei hohen Fenstern, mit einer Weltkugel, einem hohen Lehnstuhl, einer großen Stehlampe und einer Truhe, die Möbel alle mittelalterlich wie beim Doktor Faust im Theater und mit einem vergilbten Pergamentbogen auf dem Sessel: Arnolphs Studierzimmer, war darauf mit Lippenstift geschrieben. Beim Anblick des Telephonapparates, der auf dem Schreibtisch stand, dachte Archilochos einen Augenblick lang an den wartenden und tropfenden Galeriebesitzer neben dem Schirmständer in der Halle unten, der vielleicht jetzt endlich ganz aufgetaut war, doch hatte er Nadelör schon wieder vergessen, als er die zweite Türe des Studierzimmers öffnete, wohin ihn die Sterne und Kometen führten, denn nun sah er vor sich ein Schlafzimmer mit einem mächtigen alten Himmelbett, Arnolphs Schlafzimmer, wie auf dem Pergamentbogen zu lesen war, der auf einem kleinen Renaissancetisch lag. Das nächste Zimmer – er verfolgte die Sternenspur weiter – hatte jedoch schon wieder ins Rokoko hinübergewechselt und war eigentlich kein Zimmer mehr, sondern ein reizendes Boudoir, mit roten Lämpchen erleuchtet, mit allen Möbeln und Gegenständen, die ein solches zu besitzen hat: Chloés Boudoir, stand nun geschrieben, und das Pergament mit der Lippenstiftschrift lag auf einem Sesselchen, über welches in hastiger Unordnung einige Kleidungsstücke geworfen waren, die Archilochos verwirrten: ein Büstenhalter, ein Korsett, ein Leibchen, ein Hemdchen, Höschen, blendendweiß alles, auf dem Boden lagen Strümpfe und Schuhe, und durch eine halbgeöffnete Türe sah man in ein schwarzgekacheltes Badezimmer, das in den Boden eingelassene Becken mit grünem, duftendem Wasser gefüllt, das leicht dampfte; doch wiesen die Kometen am Boden nicht nur zum Badezimmer, sondern aus ihm heraus auf eine andere Türe, die er denn öffnete, die Blumen wie einen Schild vor sich haltend. Er trat in ein Gemach mit einem zwar zierlichen, aber doch unendlich breiten Himmelbett in seiner Mitte, vor dem die Sterne und Monde aufhörten und nur wenige noch auf das Holz der Bettstatt geklebt waren, in welches sie führten; doch war niemand zu erblicken, da die Vorhänge des Himmelbetts gezogen waren. In einem Kamin brannten einige Holzscheite und warfen den Schatten Arnolphs riesengroß und flackernd auf den mit seltsamen goldenen Mustern bestickten roten Bettvorhang. Er näherte sich zaghaft dem Himmelbett. Wie er durch den Spalt des Vorhangs spähte, sah er in der Dunkelheit nichts als die weiße Wolke der Linnen. Es schien ihm jedoch, er höre ein Atmen, und so flüsterte er leise und in tausend Ängsten: Chloé. Niemand gab Antwort. Er mußte handeln, so sehr er auch am liebsten zurückgewichen wäre, aus dem Zimmer, aus dem Schlößchen heraus, um wieder seine Mansarde zu erreichen, wo er sicher war und nicht von Sternen verwirrt. Und so schob er denn endlich schweren Herzens den Vorhang zur Seite, fand die Gesuchte im Bett liegend, von den schwarzen Locken ihres aufgelösten Haares umringelt und schlafend.

Archilochos war so verwirrt, daß er sich hilflos auf den

Bettrand niederließ und Chloé scheu betrachtete, doch wagte er nur hin und wieder hinzusehen. Auch war er müde, das pausenlose Glück hatte ihn nie zur Ruhe und nie zur Besinnung kommen lassen, so daß sein Schatten am zinnoberroten luftigen Vorhang des Himmelbetts ihm gegenüber immer mehr auf die schlafende Chloé sank. Doch bemerkte er mit einem Male, daß Chloé ihre Augen leicht geöffnet hatte, wohl schon lange, und ihn unter den langen Wimpern hindurch betrachtete.

»Oh«, sagte sie wie erwachend, »Arnolph. Hast du denn den Weg gut gefunden, durch die vielen Zimmer hindurch?«

»Chloé«, rief er aus, immer noch erschrocken, »du liegst im Bett Mrs. Weemans.«

»Das Bett gehört jetzt doch dir«, lachte sie und reckte sich.

»Du hast unsere Liebe Mr. und Mrs. Weeman gestanden, nicht wahr?«

Sie zögerte mit der Antwort. »Natürlich«, sagte sie dann.

»Worauf sie uns dieses Schlößchen schenkten.«

»Sie haben noch mehrere in England.«

»Ich weiß nicht«, sagte er, »ich kann das alles noch nicht recht realisieren. Ich wußte gar nicht, daß die Engländer so sozial aufgeschlossen sind und ihren Dienstmädchen einfach ein Schloß schenken.«

»Scheint dort Brauch zu sein in gewissen Familien«, erklärte Chloé.

Archilochos schüttelte den Kopf: »Generaldirektor der Atomkanonen- und der Geburtszangenabteilung bin ich auch geworden.«

»Ich weiß.«

»Mit einem Riesengehalt.«

»Um so besser.«

»Und auch Weltkirchenrat. Im Mai muß ich nach Sidney.«

»Das wird unsere Hochzeitsreise.«

»Nein«, sagte er, »das!« und zog die beiden Billette aus der Tasche. Wir fahren am Freitag nach Griechenland. Mit der ›Julia‹.«

Aber dann stutzte er.

»Wie weißt du denn das alles von meiner Karriere?« fragte er verwundert.

Sie richtete sich auf und war so schön, daß Archilochos die Augen niederschlug. Sie schien etwas sagen zu wollen, gab es jedoch mit einem Seufzer auf, nachdem sie Arnolph lange und nachdenklich betrachtet hatte, und sank wieder in die Kissen zurück. »Die ganze Stadt spricht davon«, sagte sie endlich mit merkwürdiger Stimme.

»Und morgen willst du mich heiraten«, stammelte er.

»Du mich nicht?«

Archilochos wagte immer noch nicht hinzuschauen, denn sie hatte nun auch die Decke abgeworfen. Überhaupt war es schwer, in diesem Schlafzimmer irgendwohin zu blicken, überall waren Bilder mit nackten Göttinnen und Göttern, was er der hageren Mrs. Weeman gar nicht zugetraut hatte.

»Diese Engländerinnen«, dachte er. »Zum Glück sind sie gut mit den Dienstmädchen, da kann man ihnen ihre Sinnenlust nachsehen«, und hätte sich am liebsten hingelegt, Chloé in den Arm genommen, um einfach zu schlafen, stundenlang, traumlos und tief im warmen Schein des Kamins.

»Chloé«, sagte er leise. »Alles was geschah, ist so verwirrend für mich und wohl auch für dich, daß ich mich manchmal kaum mehr spüre und denke, ich sei jemand anders und müßte in Wahrheit immer noch in meiner Mansarde sein, mit den Flecken an der Wand, und auch dich habe es nie gegeben. Es sei viel schwerer, das Glück zu ertragen als das Unglück, hat heute Bischof Moser gesagt, und manchmal glaube ich nun, er habe recht. Das Unglück ist nicht überraschend, sondern geschieht, weil es eben muß, aber das Glück geschieht aus Zufall, und so fürchte ich denn, es werde ebenso schnell zu Ende gehen mit unserem Glück, wie es anfing, und alles sei nur ein Spiel, das man mit dir und mir spiele, mit einem Dienstmädchen und einem Unterbuchhalter.«

»Du mußt über dies alles nun nicht nachdenken, Liebster«, sagte Chloé. »Den ganzen Tag habe ich auf dich gewartet, und nun bist du da. Und wie schön du bist. Willst du nicht den Mantel ausziehen? Er ist sicher von O'Neill-Papperer.«

Doch wie er sich anschickte, ihn auszuziehen, erkannte er, daß er immer noch die Blumen in den Händen hielt.

»Hier«, sagte er, »weiße Rosen.«

Er wollte ihr die Blumen übergeben und mußte sich weit über das Bett neigen, wurde jedoch von zwei weichen weißen Armen umfaßt und niedergezogen.

»Chloé«, konnte er noch keuchen, »ich habe dir noch gar nicht die Grunddogmen der alneupresbyteranischen Kirche erklärt.« Doch räusperte sich in diesem Augenblick jemand hinter ihm.

18

Der Weltkirchenrat fuhr hoch, und Chloé kroch mit einem Schrei unter die Decke. Es war der Galeriebesitzer, der vor dem Himmelbett stand, schlotternd, zähneklappernd und naß wie eine Wasserleiche, das Haar in der Stirne in dünnen Strähnen, der Schnurrbart triefend und die Kleider klebend am Leibe, Passaps Drahtplastik in Händen. Von seinen Füßen aus erstreckte sich bis zur Türe eine Lache, glänzend im Kerzenlicht, in der einige Papiersterne schwammen.

Er sei aufgetaut, sagte der Kunsthändler.

Archilochos starrte ihn an.

Er habe die Plastik gebracht, sagte der Galeriebesitzer.

Was er denn wolle, fragte Arnolph endlich verlegen.

Es liege ihm ferne zu stören, antwortete Nadelör, die Ärmel schüttelnd, aus denen das Wasser wie aus Röhren auf den Boden floß, aber er müsse ihn als Christ und Weltkirchenrat bitten, schleunigst einem Arzt zu telephonieren, er fiebere im höchsten Grade, habe Stiche in der Brust und entsetzliche Kreuzschmerzen.

»Bitte«, sagte Arnolph, ordnete seine Kleider und erhob sich. »Die Plastik stellen Sie am besten vielleicht hierher.«

Wie man wünsche, antwortete Nadelör und stellte die Plastik neben das Himmelbett, nicht ohne Ächzen; er habe auch Blasenbrennen.

»Meine Braut«, stellte Archilochos vor und wies auf die Erhöhung der Bettdecke hin.

»Sie sollten sich schämen«, sagte der Kunsthändler, wobei neue Fontänen aus ihm herausquollen, »Sie als Christ ...«

»Es ist wirklich meine Braut!«

»Sie dürfen auf meine Diskretion zählen.«

»Darf ich nun bitten«, sagte Archilochos und drängte Nadelör aus dem Zimmer, doch im Boudoir neben dem Stuhl mit dem Büstenhalter, dem Korsett und den Höschen blieb der Galeriebesitzer aufs neue stehen.

Ein Bad täte ihm gut, meinte er und wies schlotternd nach der offenen Badezimmertüre und dem dampfenden grünen Wasser im Bassin.

»Unmöglich.«

»Sie als Weltkirchenrat ...«

»Wie Sie wollen«, entgegnete Archilochos.

Nadelör zog sich aus und stieg ins Bad.

»Gehen Sie nicht fort«, bat er, splitternackt in der Wanne, weichlich, schweißübergossen und mit großen, flehenden, fiebrigen Augen: »Ich könnte ohnmächtig werden.«

Dann mußte ihn Archilochos abreiben.

Der Galeriebesitzer bekam es mit der Angst zu tun.

»Wenn nur der Hausherr nicht kommt«, jammerte er.

»Der Hausherr bin ich.«

»Sie haben doch selbst gesagt ...«

»Das Schlößchen ist mir eben übergeben worden.«

Der Mann hatte hohes Fieber und klapperte mit den Zähnen. »Hausbesitzer hin oder her«, sagte er, »ich verlasse dieses Haus nicht mehr.«

»Glauben Sie mir doch«, bat Archilochos, »vertrauen Sie mir doch!«

Einen Rest der Vernunft habe er schließlich noch

behalten, keuchte Nadelör und stieg aus dem Bad. »Sie als Christ! Ich bin grenzenlos enttäuscht! Sie sind auch nicht besser als die andern.«

Archilochos hüllte ihn in einen blau gestreiften Bademantel, der im Badezimmer hing.

»Führen Sie mich nun in ein Bett«, stöhnte der Kunsthändler.

»Aber...«

»Sie als Weltkirchenrat...«

»Gut.«

Archilochos führte ihn zum Himmelbett im Renaissancezimmer. Da lag er nun. Er werde jetzt dem Arzt telephonieren, sagte Arnolph.

»Zuerst eine Flasche Kognak«, wünschte der Galeriebesitzer röchelnd und frierend. »Das hilft mir immer, Sie als Christ...«

Er werde im Keller suchen gehen, versprach Archilochos und machte sich müde auf, hinunterzusteigen.

19

Doch schon auf der Kellertreppe, die er nach einigem Herumirren fand, hörte er ein fernes Johlen im Keller, auch war alles erleuchtet, und wie er die Gewölbe erreichte, fand er seine Ahnung bestätigt: Bruder Bibi lag mit den Zwillingen Jean-Christoph und Jean-Daniel am Boden, inmitten leergetrunkener Flaschen, Volkslieder singend.

»Was kommt dort von der Höh'!« rief Bibi begeistert, als er seinen Bruder erblickte. »Der Onkel Arnolph!«

Was er denn hier mache, fragte Arnolph besorgt.

»Schnäpse buddeln und Töne üben; ein Jäger aus Kurpfalz.«

»Bibi«, sagte Arnolph mit Würde, »ich möchte dich bitten, nicht zu singen. Das ist der Keller meines Hauses.«

»Nun«, lachte Bibi, »da hast du eine Karriere gemacht, die sich sehen läßt. Ich gratuliere dir. Pflanze dich hin, Bruder Arnolph, direktemang auf das Sofa«, und bot dem Bruder ein leeres Faß an, das in einer Rotweinpfütze stand.

»Los, Kinderchen«, forderte er die Zwillinge auf, die affenartig auf Arnolphs Knie und Schultern turnten, »schmettert einen Psalm für Onkelchen.«

»Üb immer Treu und Redlichkeit«, sangen Jean-Christoph und Jean-Daniel mit kreischenden Stimmen.

Archilochos versuchte seine Müdigkeit abzuschütteln. »Bruder Bibi«, sagte er, »ich habe ein für allemal mit dir zu reden.«

»Keine Töne mehr, Zwilling! Aufgepaßt«, lallte Bibi, »Onkel Arnolph will eine Rede halten!«

»Nicht daß ich mich deiner schäme«, sagte Arnolph, »du bist mein Bruder, und ich weiß, daß du im Grunde deines Herzens ein guter und ein stiller Mensch bist, ein vornehmes Wesen. Doch um deiner Schwäche willen muß ich nun streng mit dir sein wie ein Vater. Ich habe dich unterstützt, und es ist schlimmer mit dir und deiner Familie geworden, je mehr Geld ich dir gab, und jetzt liegst du sogar betrunken in meinem Keller.«

»Purer Irrtum, Bruder Arnolph, ich glaubte, der Keller sei der des Kriegsministers. Nur ein purer Irrtum.«

»Um so schlimmer«, antwortete Arnolph traurig, »man bricht nicht in fremde Keller ein. Du endest noch im Zuchthaus. Du gehst nun nach Hause mit deinen Zwillingen, und morgen nimmst du deine Stelle bei Petit-Paysan in der Geburtszangenabteilung ein.«

»Nach Hause? Bei der Kälte«, fragte Bibi erschrocken.

»Ich bestelle dir ein Taxi.«

»Du willst meine zarten Zwillinge erfrieren lassen«, empörte sich Bibi. »In unserer windigen Baracke gehn sie ein bei diesen Temperaturen. Celsius minus zwanzig.«

Vom Nebengewölbe her dröhnte es. Matthäus und Sebastian, zwölf und neun Jahre, brachen hervor, stürzten sich auf den Onkel, kletterten zu den Zwillingen auf seinen Knien und Schultern.

»Werft die Dolche weg, wenn ihr auf das Onkelchen kraxelt, Matthäus und Sebastian«, befahl Bruder Bibi.

»Mein Gott«, fragte Arnolph unter den vier Neffen hervor, »wen hast du denn noch hier?«

»Nur Muttchen und den Onkel Kapitän«, sagte Bibi, eine Flasche Wodka öffnend, »und dann noch Magda-Maria mit ihrem neuen Galan.«

»Mit dem Engländer?«

»Wieso Engländer«, wunderte sich Bibi, »schon lange passé, ist nun ein Chinese.«

Doch als er nun zu Nadelör zurückkehrte, schlief der schon, wenn auch in wilden Fieberdelirien, und einen Arzt anzurufen, war es zu spät. Archilochos war erschöpft. Vom Keller her dröhnten noch immer Gesänge. Er wagte nicht, ein zweites Mal die Sternen- und Kometenspur bis in Chloés Schlafzimmer zu verfolgen, legte sich auf das Sofa, nicht weit vom Stuhl mit dem Büstenhalter und dem Korsett, wo er gleich einschlief, nachdem er seinen Mantel von O'Neill-Papperer endlich ausgezogen und sich damit zugedeckt hatte.

20

Am Morgen wurde er gegen acht von einer Zofe mit weißer Schürze aus dem Schlaf geschüttelt.

»Rasch, Herr«, sagte die Zofe, »nehmen Sie Ihren Mantel und gehen Sie, nebenan schläft der Hausherr.« Sie öffnete eine Türe, die er vorher nicht bemerkt hatte und die nach einem breiten Korridor führte.

»Unsinn«, sagte Archilochos, »der Hausherr bin doch ich. Der nebenan ist der Galeriebesitzer Nadelör.«

»Oh«, sagte das Mädchen und machte einen Knicks.

»Wie heißt du denn?« fragte er.

»Sophie.«

»Wie alt?«

»Sechzehn Jahre, mein Herr.«

»Bist du schon lange hier?«

»Ein halbes Jahr.«

»Mrs. Weeman hat dich angestellt?«

»Mademoiselle Chloé, Monsieur.«

Archilochos dachte, es müßten da einige Verwechslungen vorliegen, unterließ es aber schamhaft, weiter zu fragen.

»Wünscht der Herr den Kaffee?« fragte das Mädchen.

»Ist Mademoiselle Chloé schon auf?«

»Sie schläft bis neun.«

Dann werde er sich um neun melden, sagte Archilochos.

»Mon Dieu, Monsieur«, schüttelte Sophie den Kopf: »Da nimmt Mademoiselle ihr Bad.«

»Um halb zehn?«

»Wird sie massiert.«

»Um zehn?«

»Kommt Monsieur Spahtz.«

Wer denn dies sei, fragte Archilochos verwundert.

»Der Schneider.«

Wann er denn seine Braut sehen könne, rief Arnolph verzweifelt aus.

»Ah non«, meinte Sophie energisch. »Die Hochzeit wird vorbereitet, da hat Mademoiselle doch viel zu viel zu tun.«

Sie solle ihn ins Frühstückszimmer führen, sagte Archilochos ergeben, er wolle wenigstens essen.

Er aß in jenem Zimmer, in welchem ihm Maître Dutour das Schlößchen übergeben hatte, von einem würdigen ergrauten Butler bedient (überall schien es plötzlich von Kammerdienern und Zofen zu wimmeln); Ei, Schinken (den er stehenließ) wurde serviert, Mokka, Orangensaft, Trauben und duftende Brötchen mit Butter und Konfitüre, während es draußen vor den hohen Fenstern hinter den Bäumen des Parks Tag wurde und die Hochzeitsgeschenke ins Schlößchen zu fluten begannen. Blumen, Briefe, Telegramme, Berge von Paketen. Tutend fuhren die Postwagen vor, stauten sich, immer gewaltiger türmten sich die Geschenke, in der Halle, im Salon, ja vor dem Bett und auf der Decke des vergessenen Galeriebesitzers, der stumm und würdig vor sich hinfieberte.

Archilochos wischte sich mit der Serviette den Mund. Er hatte beinahe eine Stunde gegessen, ernst, schweigend, hatte er doch seit den Nudeln und dem Apfelmus bei Georgette nichts zu sich genommen. Auf dem Buffet standen Flaschen mit Apéritifs und Likören, Zigarrenkisten, duftend, brüchig, Partagas, Dannemann, Costa Penna, bunte Zigarettenschachteln, die erste Anwandlung nach derartigem stieg in ihm auf, erschrocken kämpfte er das Gefühl nieder. Er genoß diese frühe Hausherrenstunde. Zwar verursachten der Gesang und das Gejohle der Bibisippe, das einige Male überdeutlich vom Keller her zu hören war, einige Aufregung: die dicke Köchin, die sich hinunterbegeben hatte, kam arg zerzaust und beinahe vom Onkel Kapitän vergewaltigt zurück.

Eine Räuberbande sei eingedrungen, bemerkte der Butler erschrocken und wollte der Polizei telephonieren. Archilochos winkte ab:

»Nur meine Familie.«

Der Butler verneigte sich.

Wie er denn heiße, fragte Arnolph.

»Tom.«

»Wie alt?«

»Fünfundsiebzig, mein Herr.«

»Sind Sie schon lange hier?«

»Zehn Jahre.«

»Mr. Weeman hat Sie angestellt?«

»Mademoiselle Chloé.«

Da müsse wieder eine Verwechslung vorliegen, dachte Archilochos, unterließ es jedoch ein zweites Mal, weiter zu fragen. Er genierte sich vor dem fünfundsiebzigjährigen Butler ein wenig.

Um neun komme O'Neill-Papperer, sagte der. Den Hochzeitsfrack vorzubereiten. Den Zylinder habe Goschenbauer schon geschickt.

»In Ordnung.«

»Um zehn der Standesbeamte. Es seien noch einige Formalitäten zu erledigen.«

»Sehr gut.«

»Halb elf wird Monsieur Wagner vorsprechen, den Ehrendoktor der medizinischen Fakultät zu überbringen, der Verdienste des Herrn Archilochos um die Geburtszange halber.«

»Ich erwarte ihn.«

»Um elf kommt der amerikanische Botschafter mit einem Glückwunschschreiben des Präsidenten der Vereinigten Staaten.«

»Sehr erfreut.«

»Um eins findet ein kleiner Imbiß mit den Trauzeugen statt und um zwanzig vor zwei die Abfahrt zum Standesamt. Nach der Heloisen-Kapelle das Essen im ›Ritz‹.«

Wer denn dies alles organisiert habe, wunderte sich Archilochos.

»Mademoiselle Chloé.«

»Wie viele Gäste?«

Mademoiselle wünsche eine intime Feier. Ausschließlich die engsten Freunde.

»Ganz meine Meinung.«

»Deshalb haben wir nur zweihundert eingeladen.«

Archilochos war etwas verwirrt. »Gut«, sagte er endlich. »Ich kenne mich da nicht aus. Lassen Sie um halb zwölf ein Taxi kommen.«

»Soll Sie nicht Robert führen?«

Wer denn dies wieder sei, fragte Archilochos.

»Der Chauffeur«, antwortete der Butler. Der gnädige Herr besitze den schönsten roten Studebaker der Stadt.

»Merkwürdig«, dachte Archilochos, doch da kam schon O'Neill-Papperer.

So fuhr er denn kurz vor halb zwölf nach dem ›Ritz‹, Mr. und Mrs. Weeman aufzusuchen. Er fand die beiden in der Hotelhalle, in einem feudalen Raum mit Plüschsofas und Lehnstühlen von allen Sorten, mit so dunklen Bildern an den Wänden, daß die dargestellten Objekte, teils Früchte, teils allerlei Wildbret, kaum zu erkennen waren. Das Ehepaar saß auf einem Sofa und las Zeitschriften. Er die ›Neue Archäologische Rundschau‹, sie das Fachorgan für Altertumswissenschaft.

»Mrs. und Mr. Weeman«, sprach er sie an, leidenschaftlich erregt, indem er der erstaunt aufblickenden Engländerin zwei Orchideen überreichte: »Sie sind die besten Menschen, die ich kenne.«

»Well«, sagte Mr. Weeman, zog an seiner Pfeife und legte die ›Neue Archäologische Rundschau‹ auf die Seite.

»Ich erhebe Sie zu Nummer eins und zwei meiner sittlichen Weltordnung!«

»Yes«, sagte Mr. Weeman.

»Ich verehre Sie noch mehr als den Staatspräsidenten und den Bischof der Altneupresbyteraner.«

»Well«, sagte Mr. Weeman.

»Wer von Herzen schenkt, verdient von Herzen Dank.«

»Yes«, sagte Mr. Weeman und glotzte seine Frau an.

»Thank you very much!«

»Well«, sagte Mr. Weeman und dann wieder »Yes« und zog sein Portemonnaie, doch war Archilochos schon verschwunden.

»Liebenswert, aber doch etwas reserviert, diese Engländer«, dachte er in seinem roten Studebaker (dem schönsten der Stadt).

Es waren nicht nur einige Weiblein der altneupresbyteranischen Gemeinde, die vor der Heloisen-Kapelle den Hochzeitszug erwarteten, sondern riesige Menschenmassen häuften sich halberfroren in der Emil-Kappeler-Straße und bildeten lange Reihen auf den Trottoirs. Die Fenster des schmutzigen Quartiers waren dicht besetzt. Zerlumpte Straßenjungen hingen wie mit Kalk verschmutzte Trauben an den Straßenlaternen und in den wenigen kümmerlichen Bäumen. Nun bog die Wagenkolonne vom Boulevard Merkling ein, vom Stadthaus her, mit dem roten Studebaker an der Spitze, dem Chloé und Archilochos entstiegen. Die Menge schrie und tobte vor Begeisterung, »Hoch Archilochos«, »Evviva Chloé«, die Radsportfreunde schrien sich heiser, und Madame Bieler und ihr Auguste (diesmal nicht im Radfahrerkostüm) weinten beide. Etwas später kam die verschnörkelte Karosse des Staatspräsidenten angefahren, sechs Schimmel, die Leibwache mit goldenen Helmen und weißen Federbüschen auf tänzelnden Rappen. Die Heloisen-Kapelle füllte sich. Sie war ein nicht eben schönes Gebäude, mehr einer kleinen Fabrik ähnlich, ohne Turm, mit schon stark beschädigten, einst weißen Wänden, ein in jeder Hinsicht mißglücktes Produkt moderner Kirchenbaukunst, von einigen traurigen Zypressen umgeben, und da man einst das Mobiliar einer uralten demolierten Kirche, die einem Kino hatte Platz machen müssen, billigst übernommen, entsprach auch das Innere ihrem Äußeren. Es war arm und kahl, mit groben Holzbänken und einer klobigen Kanzel, die einsam in den Raum hineinragte, mit einem großen halbverfaulten Kreuz an der schmalen, dem Eingang gegenüberliegenden Mauer, die Archilochos an seine alte Mansarde erinnerte mit ihren gelben und grünlichen Flecken und mit hohen, schießschartenähnlichen Fenstern, durch die schräge Strahlen fielen, in deren Licht die Staubpartikel tanzten. Doch während nun die Hochzeitsgäste diese arme, fromme, muffige Welt zu besiedeln begannen, die nach alten Weiblein roch, nach billigem Parfüm und wohl auch etwas nach Knoblauch, strahlte sie auf, wurde sie freundlich und warm, das Glitzern der Geschmeide und der Perlenketten füllte den Raum, Schultern und Brüste leuchteten auf, und Wolken besten Parfüms stiegen in die Höhe, in das halb verkohlte Gebälk (die Kirche war einmal fast verbrannt). Bischof Moser bestieg die Kanzel, würdig in seiner schwarzen altneupresbyteranischen Amtsrobe. Er legte die Bibel mit ihrem leuchtenden Goldschnitt auf das sprießige Kanzelpult, faltete die Hände und sah hinunter, etwas verlegen, wie es schien, das rosige Gesicht schweißübergossen. Gerade unter ihm saß das Brautpaar, Chloé mit großen, schwarzen, gläubigen Augen, strahlend vor Freude, in einer zarten Schleierwolke, in der ein Sonnenstrahl zitterte, und Archilochos steif daneben, nun auch verlegen, im Frack (O'Neill-Papperer) kaum mehr zu erkennen – stammte doch nur noch die randlose, staubige Brille von einst, die etwas schräg in seinem Gesicht lag – den Zylinder (Goschenbauer), die weißen Handschuhe (De Stutz-Kalbermatten) auf den Knien; und hinter ihnen, jedoch von den übrigen getrennt, saß der Staatspräsident, spitzbärtig, das Antlitz von unzähligen Fältchen überzogen, die Haare weiß, goldübersät, in der Uniform eines Generals der Kavallerie, den langen Säbel zwischen den hageren Beinen, die in glänzenden Stiefeln steckten, und hinter dem Staatspräsidenten saßen die Trauzeugen: der amerikanische Botschafter mit

Orden auf der weißen Frackbrust, der Rector magnificus in allen seinen Würden, dann die Gäste, etwas unbequem auf den Holzbänken, Petit-Paysan, Maître Dutour an der Seite seiner gewaltigen Gattin, die wie ein mit Perlen verschneites Urgebirge in den Raum ragte, Passap, auch er im Frack, die Hände noch mit Kobaltblau verschmiert, dazu Herren (hauptsächlich Herren) der oberen Tausend, der Crème der Crème der Hauptstadt, mit feierlichen Gesichtern, und wie nun der Bischof mit seiner Festansprache beginnen wollte, kam sogar noch Fahrcks herein, wenn auch verspätet, der Revolutionär, der letzte, unterste in Arnolphs sittlichem Weltgebäude, das riesige, massige Haupt mit dem struppigen Schnauz und den feuerroten Locken zwischen den mächtigen Schultern, das Doppelkinn auf der Frackbrust, wo ein goldener, mit Rubinen besetzter Kreml-Orden baumelte.

21

Die Worte, begann Bischof Moser seine Ansprache mit leiser, lispelnder Stimme und sichtlich ungemütlich auf seiner Kanzel hin und her rutschend, die Worte, die er in Gegenwart der lieben Festgemeinde der heutigen Feier voranstellen möchte, stünden im zweiundsiebzigsten Psalm, in einem Psalme Salomons, wo geschrieben stehe, gelobet sei Gott der Herr, der Gott Israels, der allein Wunder tue. Er hätte heute, fuhr der Bischof fort, zwei Menschenkinder miteinander fürs Leben zu verbinden, die nicht nur ihm, sondern wohl auch allen, die in der Heloisen-Kapelle sich eingefunden hätten, lieb und teuer geworden seien. Da sei einmal die Braut (hier stockte Bischof Moser ein wenig), die wohl alle Anwesenden mit großer Zärtlichkeit an ihr Herz geschlossen hätten, eine Braut, die je und je allen hier Versammelten (hier wurde Bischof Moser dichterisch) aufs anmutigste so viel Liebe, so viel Schönes und Erhabenes geschenkt habe, kurz, so viele schöne Stunden, daß man ihr nicht genug danken könne (der Bischof wischte sich den Schweiß von der Stirne), und da sei der Bräutigam, fuhr der Bischof erleichtert fort, auch er ein liebenswerter, edler Mensch, der nun all der Liebe teilhaftig würde, die seine Braut so verschwenderisch zu verschenken in der Lage sei, ein Bürger unserer Stadt, der in wenigen Tagen die Aufmerksamkeit der Welt auf sich gelenkt habe, indem er, aus einfachem Milieu stammend, Generaldirektor, Weltkirchenrat, Ehrendoktor der medizinischen Fakultät und Ehrenkonsul der USA geworden sei. So sehr es nun auch stimme, daß alles, was der Mensch unternehme, und alles, was er erlange, all seine Titel und Verdienste, vergänglich sei, Spreu im Wind, ein Nichts im Angesicht des Ewigen, so zeige dieser Aufstieg dennoch, daß Gnade eingewirkt habe (hier räusperte sich Fahrcks vernehmlich). Doch dies alles sei nun eben nicht eine Gnade, die vom Menschen stamme (nun räusperte sich Petit-Paysan), sondern von Gott, wie der Bibeltext es lehre; nicht Menschengunst habe Archilochos erhoben, sondern der Herr alleine, der sich freilich dazu der menschlichen Herzen bediene, die Er lenke, ja, der die menschliche Schwachheit, die menschliche Hinfälligkeit zu Seinen Zielen benutze, und so gehöre denn auch Ihm allein die Ehre.

So predigte Bischof Moser, und immer gewaltiger, schwungvoller wurde seine Stimme, immer prächtiger, salbungsvoller seine Worte, je mehr er vom Besonderen ins Allgemeine kam, je mehr er vom Ausgangspunkte seiner Ausführungen, vom Brautpaar eben, ins Unendliche, ins Göttliche schweifen durfte, ein Bild der doch im Grunde so vortrefflich und weise eingerichteten Weltordnung entrollend, in der Gottes Ratschluß schließlich alles zum Guten wende. Doch als er nun geendet, als er nun von der Kanzel gestiegen war und die Trauung vollzogen hatte, indem die beiden ihr Ja hauchten, und Archilochos nun dastand, seine liebliche Frau mit den großen, schwarzen, glücklichen Augen am Arm und nun, wie erwachend, die Festversammlung betrachtete, durch die er schreiten sollte, den würdigen Staatspräsidenten, diese mit Orden und Edelsteinen überladenen Damen und Herren, diese Mächtigen, Einflußreichen und Berühmten im Lande, und als er auch Fahrcks bemerkte, mit seinem struppigen roten Haar, der ihn spöttisch musterte, das Gesicht zu einer bösartigen Grimasse verzogen, und nun die kleine Orgel über der Empore Mendelssohns Brautmarsch zu quieken begann, da begriff der Grieche plötzlich auf dem Höhepunkt seines Glücks, von der Menge draußen beneidet, die immer noch wartete. Er erbleichte, taumelte. Schweiß floß über sein Gesicht.

»Ich habe eine Kurtisane geheiratet«, schrie er auf, verzweifelt, wie ein tödlich verwundetes Tier, riß sich von seiner Frau los, die ihm angsterfüllt in ihrem wehenden Schleier bis zum Portal nachlief, und rannte aus der Heloisen-Kapelle, wo ihn die Menschenmasse mit Lachen und Johlen empfing, die, als sie den Bräutigam allein erscheinen sah, mit einem Schlag begriffen hatte, was geschehen war. Archilochos zögerte einen Augenblick zwischen den dürftigen Zypressen, erschrocken, da ihm die Unzahl der Zuschauer erst jetzt bewußt wurde. Dann rannte er an der Karosse des Staatspräsidenten und der wartenden Reihe der Rolls-Royce und Buicks vorbei und im Zickzack durch die Emil-Kappeler-Straße, da ihm bald dieser, bald jener in den Weg trat, wie gehetzt, wie ein von Hunden gejagtes Wild.

»Es lebe der Hahnrei der Stadt!«

»Nieder mit ihm!«

»Reißt ihm die Kleider vom Leib!«

Pfiffe gellten an sein Ohr, Schmährufe, Steine wurden nach ihm geworfen, Straßenjungen rannten ihm nach, stellten ihm ein Bein, mehrere Male schlug er hin, bis er sich blutverschmiert im Hausgang einer Mietskaserne unter einer Treppe verstecken konnte, ins Dunkel gekauert, die polternden Schritte der Meute über seinem Haupt, welches er in den Armen vergraben hatte, bis sich die Verfolger mit der Zeit verliefen, da sie ihn nicht mehr zu finden vermochten.

Stundenlang kauerte er nun unter der Treppe, frierend, leise schluchzend, während es im ungeheizten Korridor des Mietshauses immer dunkler und dunkler wurde. Mit allen habe sie geschlafen, mit allen, mit dem Staatspräsidenten, mit Passap und Maître Dutour, mit allen, wimmerte er. Das ganze Riesengewicht seines moralischen Weltgebäudes war zusammengebrochen und hatte ihn zermalmt. Dann raffte er sich auf. Er torkelte durch den fremden Korridor, fiel über ein Fahrrad und betrat die Straße. Es war schon Nacht. Er schlich zum Strom hinunter, durch schlecht erleuchtete, schmutzige Gassen, geriet unter den Brücken in Horden von krächzenden Bettlern, die in Zeitungspapier gewickelt dalagen, ein Hund schnappte nach ihm, schattenhaft im Dunkel, Ratten huschten pfeifend vorbei, und gurgelndes Wasser netzte seine Füße. Irgendwo heulte ein Schiff.

»Schon der dritte diese Woche«, krächzte die Stimme eines Bettlers. »Los, spring rein!«

»Unsinn«, keuchte ein anderer. »Ist viel zu kalt.«

Gelächter.

»Häng dich, häng dich«, bellten die Bettler im Takt: »Das ist am angenehmsten, das ist am angenehmsten.«

Er entfernte sich vom Strom, irrte durch die Altstadt, planlos. Irgendwo klimperte die Heilsarmee, er geriet in die Rue Funèbre, wo Passap wohnte, begann zu rennen, irrte stundenlang durch Quartiere, die er noch nie betreten hatte, durch Villenviertel, durch Arbeitersiedlungen, erfüllt von Radiolärm, an üblen Kneipen vorbei, aus denen die Spottlieder der Fahrcks-Anhänger dröhnten, durch Fabrikbezirke mit gespenstischen Hochöfen, und erreichte gegen Mitternacht seine alte Mansarde. Er machte nicht Licht, er stand gegen die Tür gelehnt, die er hinter sich geschlossen hatte, zitternd, verschmutzt, der Frack von O'Neill-Papperer zerrissen, den Zylinder von Goschenbauer hatte er längst verloren. Die Wasserspülungen rauschten immer noch, und vom Schein der kleinen Fenster an der gegenüberliegenden Fassade, der durch die verstaubten Scheiben fiel, wurden bald der Vorhang (mit dem alten Sonntagsanzug dahinter), bald das Eisenbett, bald der Stuhl und der wacklige Tisch mit der Bibel, bald die Bilder seiner einstigen Weltordnung an der unbestimmten Tapete erhellt. Er öffnete das Fenster, Gestank schlug ihm entgegen und ein verstärktes Brausen. Er riß ein Bild nach dem andern von der Wand, schmetterte den Präsidenten, den Bischof, den amerikanischen Botschafter, sogar die Bibel in die dunkle Tiefe des schachtähnlichen Hofes. Nur Bruder Bibi mit seinen Kinderchen ließ er hängen. Dann schlich er sich in den Estrich, wo undeutlich in langen Reihen Wäsche hing, knüpfte ein Seil los, ließ die Leintücher irgendeiner Familie achtlos liegen und tappte sich in die Mansarde zurück. Er stellte den Tisch unter die Lampe, kletterte auf ihn, befestigte das Seil am Haken, an dem die Lampe hing. Es hielt. Dann knüpfte er die Schlinge. Das Fenster klappte auf und zu, ein eisiger Luftzug strich über seine Stirne. Schon stand er da, den Kopf in der Schlinge, und schon wollte er sich vom Tische werfen, als sich die Mansardentüre öffnete und Licht gemacht wurde.

Es war Fahrcks, noch im Frack wie bei der Hochzeit, einen pelzgefütterten Mantel übergeworfen, das massige Gesicht unbeweglich, riesenhaft über dem Kreml-Orden, das struppige Haar eine böse Flamme. Zwei Männer begleiteten ihn. Der eine war Petit-Paysans Sekretär, der nun die Türe verriegelte, während der andere, ein hünenhafter Kerl in der Kleidung eines Taxichauffeurs, das Fenster schloß, Kaugummi kauend, und den Stuhl vor die Türe stellte. Archilochos stand auf dem schwankenden Tisch, den Kopf in der Schlinge und von der Lampe gespenstisch beleuchtet. Fahrcks nahm auf dem Stuhl Platz, verschränkte die Arme. Der Sekretär setzte sich auf das Bett. Die drei schwiegen, das Brausen der Wasserspülungen war nun gedämpfter vernehmbar, und der Anarchist betrachtete den Griechen aufmerksam.

»Nun, Herr Archilochos«, begann er endlich, »meinen Besuch sollten Sie eigentlich erwartet haben.«

»Auch Sie haben mit Chloé geschlafen«, zischte Archilochos vom Tisch herunter.

»Natürlich«, antwortete Fahrcks, »das ist schließlich der Beruf der schönen Dame.«

»Gehen Sie!«

Der Revolutionär regte sich nicht. »Von jedem ihrer Liebhaber haben Sie ein Hochzeitspräsent bekommen«, sagte er. »Nun ist es an mir: Luginbühl, übergib ihm *mein* Geschenk.«

Der Riese in der Chauffeuruniform trat kauend an den Tisch und legte einen runden, eiähnlichen eisernen Gegenstand zwischen Arnolphs Füße.

»Was ist das für ein Ding?«

»Die Gerechtigkeit.«

»Eine Handgranate?«

Fahrcks lachte: »Eben.«

Archilochos nahm den Kopf aus der Schlinge, kletterte vorsichtig vom wackligen Tisch herunter und nahm die Bombe zögernd in die Hände. Sie war kalt und schimmerte im Licht.

»Was soll ich damit?«

Der Alte antwortete nicht sofort. Unbeweglich, lauernd saß er auf dem Stuhl, die mächtigen Hände über die Knie gespreizt.

»Sie wollten sich das Leben nehmen«, sagte er. »Wieso?«

Archilochos schwieg.

»Es gibt zwei Möglichkeiten dieser Welt gegenüber«, sagte Fahrcks langsam und trocken: »Man geht an ihr zu Grunde oder ändert sie.«

»Schweigen Sie«, schrie Archilochos.

»Bitte. Hängen Sie sich eben auf.«

»Reden Sie.«

Fahrcks lachte. »Gib mir eine Zigarette, Schubert«, wandte er sich zu Petit-Paysans Sekretär. Luginbühl gab ihm aus einem klobigen Apparat Feuer, und so saß er da, rauchte gemächlich, große bläuliche Wolken paffend.

»Was soll ich tun?« schrie Archilochos.

»Annehmen, was ich Ihnen biete.«

»Wozu?«

»Die Gesellschaftsordnung muß gestürzt werden, die Sie zu einem Narren machte.«

»Das ist unmöglich.«

»Nichts ist einfacher«, antwortete Fahrcks. »Sie sollen den Staatspräsidenten ermorden. Das weitere besorge ich selber«, und er tippte auf den Kreml-Orden.

Archilochos taumelte.

»Lassen Sie die Bombe nicht fallen«, mahnte ihn der alte Brandstifter, »sie explodiert sonst.«

»Ich soll ein Mörder werden?«

»Nun, was ist dabei? Schubert, zeig ihm den Plan.«

Der Sekretär Petit-Paysans trat zum Tisch und entfaltete ein Papier.

»Sie sind mit Petit-Paysan im Bunde«, rief Archilochos entsetzt.

»Unsinn!« sagte Fahrcks: »Den Sekretär habe ich bestochen. Solche Kerls kriegt man für Kleingeld.«

Dies sei der Plan des Staatspräsidentenpalais, begann der Sekretär zu erläutern, sachlich, mit dem Finger über den Plan fahrend. Hier die Mauer, die das Palais an drei Seiten umgebe. Die Vorderfront werde durch ein vier Meter hohes Eisengitter abgeschlossen. Die Mauer sei zweimeterfünfunddreißig hoch. Links vom Palais das Wirtschaftsministerium, rechts das Palais des Nuntius. Im Winkel, den der Hof des Wirtschaftsministeriums mit der Mauer bilde, stehe eine Leiter.

Ob diese Leiter immer da sei, wollte Archilochos wissen.

»Sie befindet sich in der heutigen Nacht da, das mag Ihnen genügen«, antwortete der Sekretär. »Wir führen Sie mit dem Wagen bis zum Quai. Sie erklettern die Mauer, ziehen die Leiter nach und steigen an ihr hinunter. Jenseits befinden Sie sich im Schatten einer Tanne. Treten Sie hinter den Stamm und warten Sie, bis die Wache vorbeigekommen ist. Dann gehen Sie nach der Hinterfront des Palais. Sie finden eine kleine Türe, zu der einige Stufen führen. Die Türe ist verschlossen, hier haben Sie den Schlüssel.«

»Und dann?«

»Das Schlafzimmer des Präsidenten befindet sich im ersten Stock, den Sie von der kleinen Türe über die Haupttreppe erreichen, und liegt hinten. Werfen Sie die Handgranate auf sein Bett.«

Der Sekretär schwieg.

»Und wenn ich die Bombe geworfen habe?«

»Gehen Sie den gleichen Weg zurück«, sagte der Sekretär. »Die Wache wird durch das Hauptportal ins Palais dringen, und Sie haben Zeit, sich über den Hof des Wirtschaftsministeriums zu entfernen, vor dem Sie unser Wagen erwartet.«

Es war still in der Mansarde und kalt. Sogar das Brausen der Wasserspülungen hatte aufgehört. An der schmutzigen Tapete hing einsam Bruder Bibi mit seinen Kinderchen.

»Nun?« unterbrach Fahrcks das Schweigen. »Was sagen Sie zu diesen Ausführungen?«

»Nein«, schrie Archilochos, bleich, geschüttelt von Entsetzen, »nein!«

Der Alte ließ die Zigarette auf den Boden fallen, der primitiv war (sprießiges Holz mit großen Astlöchern), wo sie weiterqualmte.

»So schreien sie alle zuerst«, sagte er. »Als ob die Welt ohne Mord zu ändern wäre.«

Nebenan, durch Arnolphs Schreien erwacht, polterte ein Dienstmädchen an die Wand der Mansarde. Archilochos sah sich im Geiste, Chloé am Arm, durch die winterliche Stadt gehen. Nebel über dem Strom, mit großen schattenhaften Schiffen und Lichtern. Er sah die Leute grüßen von den Tramwagen herab, aus Autos heraus, junge, schöne, elegante Männer, dann sah er die Hochzeitsgäste, goldübergossen, diamantenübersät, schwarze

Fräcke und Abendkleider, rote Orden, weiße Gesichter im goldenen Sonnenlicht, mit den tanzenden Staubpartikeln, und überall ein wohlwollendes Lächeln, das doch so gemein war; er spürte noch einmal den jähen, grausamen Augenblick seines Erkennens, seiner Scham, sah sich aus der Heloisen-Kapelle stürzen, zwischen den Zypressen hervor, sah sich zögern und endlich seinen Zickzacklauf durch die Emil-Kappeler-Straße aufnehmen, mitten durch die brüllende, lachende, jauchzende Menge, er sah die Schatten seiner Verfolger vor sich auf dem Asphalt der Straße ins Riesengroße wachsen, spürte noch einmal sein Hinfallen, sein Aufschlagen auf dem harten Boden, der sich mit Blut rötete, die Steine, die Fäuste, die ihn trafen, wie Hämmer, und sein zitterndes Ducken unter die Treppe des fremden Hausgangs, mit den polternden Schritten über ihm.

»Ich will es tun«, sagte er.

22

Archilochos, entschlossen, sich an der Welt zu rächen, wurde von Fahrcks und seinen Begleitern mit einem amerikanischen Wagen an den Quai Tassigni gebracht, dem entlang er bis zum Quai de l'Etat (wo sich der Präsidentenpalais befand) zehn Minuten zu gehen hatte. Es war Viertel nach zwei. Der Quai war menschenleer und ein Viertelsmond war hinter der St. Lukas-Kathedrale aufgegangen, in dessen Licht die Eisflächen, die sich im Strom gebildet hatten, und die bizarren Zacken und Bärte am zugefrorenen Cäcilienbrunnen schimmerten. Er bewegte sich in den Schatten der Palais und der Hotels, kam am ›Ritz‹ vorüber mit dem frierenden Türhüter davor, der auf und ab ging; doch begegnete er sonst niemandem, nur Fahrcks' Wagen fuhr einige Male wie zufällig vorbei, prüfend, ob Archilochos den Befehl ausführe, hielt auch beim Polizisten vor dem Wirtschaftsministerium, um irgend eine fingierte Frage zu stellen, so daß Archilochos unbemerkt in den Hof gelangen konnte. Dort fand er die Leiter an der Mauer. Er fühlte in der Tasche seines alten, geflickten Mantels, den er von der Mansarde mitgenommen hatte, die Bombe, kletterte die Leiter hoch, zog sie, oben auf der schmalen Mauer sitzend, nach und ließ sie auf der anderen Seite hinab, stieg hinunter. Er stand auf einem hartgefrorenen Rasen und befand sich im Schatten einer Tanne, wie der Sekretär gesagt hatte. Von der Quaiseite her fielen grelle

Lichter, und ein Auto tutete irgendwo, vielleicht Fahrcks, auch kam der Viertelsmond nun hinter dem Präsidentenpalais hervor, einem plumpen überladenen Barockgebäude (in allen Kunstbüchern abgebildet und von allen Kunsterklärern gepriesen). In der Nähe des Monds funkelte ein großer Stern, und die Bordlichter eines Flugzeugs zogen weit oben vorbei. Dann hallten Schritte über den gepflasterten Weg, der sich am Palais vorbeiwand. Er preßte sich gegen den Stamm, verborgen im Geäst der Tanne, das bis zum Boden reichte, ihn harzig umfing und mit den Nadeln sein Gesicht ritzte. Es waren zwei der Leibwache, die im Gleichschritt herankamen, zuerst nur als dunkle Silhouetten sichtbar, mit geschulterten Gewehren und aufgepflanzten Bajonetten, die weißen Federbüsche wippend im Mond. Vor der Tanne blieben sie stehen. Einer schob mit dem Gewehr die Äste zur Seite, doch gingen sie wieder weiter, da sie den Griechen nicht bemerkten, der den Atem anhielt, sich schon entdeckt geglaubt und die Handgranate bereit gemacht hatte. Sie waren nun hell beschienen vom Mond, so daß ihre goldenen Helme und Brustpanzer auf der historischen Uniform blitzten. Sie bogen um die Ecke des Palais. Er löste sich von der Tanne und eilte gegen die Hinterfront. Hier lag alles grell im Mondlicht, große Tannen und kahle Trauerweiden, ein vereister Teich und das Palais des Nuntius. Die Türe fand er sogleich. Der Schlüssel paßte. Er drehte ihn um, aber die Türe öffnete sich nicht. Sie mußte von innen verriegelt sein. Archilochos stutzte, jeden Augenblick konnte die Wache wiederkommen. Er trat in den Hinterhof und schaute die Fassade des Palais hoch. Die Hintertüre befand sich zwischen zwei nackte Marmorriesen gebettet, Kastor und Pollux offenbar, die auf ihren Schultern einen geschwungenen Balkon trugen (der sich nach seiner Berechnung vor dem Schlafzimmer des Präsidenten befand). Er begann entschlossen zu klettern, in einer Art Raserei, das Attentat dennoch auszuführen, einen Schenkel, einen Bauch, eine Brust hinan, krallte sich in einen Marmorbart, hielt sich an einem Marmorohr, stemmte sich an einem riesigen Haupte hoch und gelangte auf den Balkon. Vergeblich. Die Türe war nicht zu öffnen, und die Scheiben einzuschlagen wagte er nicht, hörte er doch nun die Schritte der Wache. Er legte sich auf den kalten Boden des Balkons nieder, die Wache kam im Gleichschritt wie das erste Mal, zog unter ihm vorbei. Die Balkontüre war von verschiedenen nackten Männern und Weibern umgeben, von überlebensgroßen Gestalten, mit Pferdeköpfen dazwischen, alle vom Mond hell beschienen, die miteinander in den fürchterlichsten und kompliziertesten Stellungen kämpften und sich zerfleischten, wie er, noch auf dem Balkon liegend, feststellte, eine Amazonenschlacht offenbar, und mitten im Getümmel der Leiber bemerkte er die offene Höhle eines runden Fensters. Er wagte sich in die Marmorgötterwelt hinauf, geriet zwischen gewaltige Brüste und Schenkel, in beständiger Sorge, die Bombe in seiner Manteltasche könnte explodieren, kroch an Heldenbäuchen, an gebogenen und verrenkten Rücken entlang, konnte sich einmal nur noch am gezückten Schwert eines Kriegers halten, da er sich schon abgestürzt glaubte, und preßte sich angstvoll in die Arme einer sterbenden Amazone, deren mondenes Antlitz ihn zärtlich betrachtete, während nun tief unter ihm die Leibwache zum dritten Mal die Runde vollendete und stehenblieb.

Archilochos sah, wie die Wache in den hellen Park trat und die Schloßfassade betrachtete.

»Da ist jemand hinaufgeklettert«, sagte einer der beiden nach langem Spähen.

»Wo?« fragte der andere.

»Dort.«

»Unsinn, nur ein Schatten zwischen den Göttern.«

»Sind keine Götter, sind Amazonen.«

»Was ist denn dies?«

»Weiber mit nur einer Brust.«

»Haben aber zwei.«

»Vergeßlicher Bildhauer«, meinte der erste. »Aber es klebt doch einer da oben. Will ihn mal herunterholen.«

Er legte das Gewehr an. Archilochos rührte sich nicht.

Der andere reklamierte: »Willst du das ganze Quartier wecken mit deiner Schießerei?«

»Es ist aber einer.«

»Es ist keiner. Da hinauf käme auch niemand.«

»Hast eigentlich recht.«

»Siehst du? Gehen wir!«

Die zwei zogen davon, im Taktschritt, die Gewehre wieder geschultert. Arnolph kletterte weiter, erreichte endlich das Fenster, kroch hindurch. Er befand sich im zweiten Stock, in einem hohen, kahlen Abort, erfüllt mit Mondlicht, das durch das offene Fenster fiel. Er war todmüde, von der Kletterei mit Staub und Vogeldreck überzogen und vom jähen Wechsel zwischen der marmornen Götterwelt und seinem jetzigen Aufenthalt ernüchtert. Er atmete schwer. Er öffnete die Türe und befand sich in einer weiten Halle, die sich zu beiden Seiten in Säle öffnete, auch sie vom Mond erhellt, mit Statuen zwischen den Säulen; nur undeutlich erriet er die breitgeschwungene Treppe. Er schritt vorsichtig nach dem ersten Stockwerk hinunter, erreichte den Korridor, von dem ihm der Sekretär erzählt hatte, spähte durch die hohen Fenster auf der Quaiseite, erschrak, als ihn die Lichter der Stadt blendeten. Unten auf dem Hof fand eine Wachtablösung statt, eine feierliche Zeremonie mit Salutieren, Hacken zusammenschlagen, Strammstehen und Stechschritt. Er glitt ins Dunkel zurück, schlich gegen die Schlafzimmertüre am anderen Ende des Korridors und öffnete sie leise, die Handgranate in der Rechten. Durch die hohe Balkontüre fiel schimmerndes Mondlicht, es war die Türe, vor der er draußen gestanden hatte. Er trat in den Raum, nach dem Bett zu spähen und die Handgranate zu werfen, doch befand sich kein Bett in ihm, kein schlafender Staatspräsident, nur ein Korb mit Geschirr. Sonst war das Zimmer leer. Nichts stimmte. Auch Anarchisten mußten bisweilen falsch orientiert sein. Verwirrt zog er sich zurück und begann trotzig nach seinem Opfer zu suchen. Er stieg in den zweiten Stock, die Bombe bereit, dann in den dritten, durchwanderte Prunk- und Staatssäle, Konferenzzimmer, Korridore, kleine Salonzimmer, drang in Büros mit verhüllten Schreibmaschinen, in Gemäldegalerien, in einen Waffensaal mit alten Rüstungen, Kanonenrohren und hängenden Fahnen, wo ihm eine Hellebarde den Ärmel aufschlitzte. Endlich, als er in den vierten Stock stieg, vorsichtig der Marmorwand entlang, schimmerte auf ihr ein Schein. Irgend jemand mußte Licht gemacht haben. Er faßte Mut und schritt weiter. Die Handgranate verlieh ihm ein Gefühl von Macht. Er betrat den Korridor. Die Müdigkeit war verschwunden. Er spähte den Korridor entlang, der bei einer Türe endete. Sie war halb offen. Im

Zimmer brannte Licht. Er eilte über den weichen Teppich, doch stand, als er die Türe aufriß, die Hand mit der Granate erhoben, der Staatspräsident vor ihm, im Schlafrock, so überraschend, daß Archilochos eben noch die Bombe in seiner Manteltasche verbergen konnte.

»Entschuldigen Sie«, stammelte der Attentäter.

»Da sind Sie ja, lieber verehrter Herr Archilochos«, rief der Staatspräsident freudig und schüttelte dem verwirrten Griechen die Hand: »Habe Sie erwartet, den ganzen Abend, und nun sah ich Sie zufällig von meinem Fenster aus über die Mauer steigen. Eine gute Idee. Meine Leibwache ist viel zu pedantisch. Die Kerle hätten Sie nie eingelassen. Doch nun sind Sie da, was mich ungemein freut. Wie sind Sie denn nur ins Haus gekommen? Wollte gerade den Kammerdiener hinunterschikken. Ich wohne erst seit einer Woche im vierten Stock, hier ist es gemütlicher als im ersten, nur, freilich, funktioniert der Lift nicht immer.«

Die Hintertüre sei unverschlossen gewesen, stammelte Archilochos, der den richtigen Augenblick verpaßt hatte und auch zu nahe bei seinem Opfer stand.

»Das trifft sich gut«, freute sich der Staatspräsident. »Mein Kammerdiener, der uralte Ludwig, Ludewig, wie ich ihn nenne (sieht ja auch viel mehr einem Staatspräsidenten ähnlich als ich), hat denn auch ein kleines Essen improvisiert.«

»Bitte«, sagte Archilochos errötend, er wolle nicht stören.

Das tue er ganz und gar nicht, beteuerte der alte spitzbärtige Herr freundlich. »In meinem Alter schläft man nicht gerade viel, kalte Füße, Rheumatismus, Sorgen, private und geschäftliche als Präsident bei der heutigen Tendenz der Staaten, zusammenzukrachen, und da esse ich öfters eine Kleinigkeit in den langen Nächten in meinem einsamen Palais. Zum Glück ist voriges Jahr die Zentralheizung eingerichtet worden.«

»Es ist wirklich angenehm warm«, stellte Archilochos fest.

»Wie sehen Sie denn aus?« wunderte sich der Staatspräsident: »Ganz von Staub überzogen. Ludewig, bürste ihn doch ein bißchen.«

»Gestatten«, sagte der Kammerdiener und reinigte den Attentäter vom Staub und dem Vogeldreck der Fassade. Archilochos wagte sich nicht zu wehren, fürchtete, die Bombe in seiner Manteltasche könne durch das Bürsten explodieren, und war froh, als ihm der Kammerdiener aus dem Mantel half.

»Sie ähneln meinem Butler in dem Boulevard Saint-Père«, sagte er.

»Das ist auch mein Halbbruder«, bemerkte der Kammerdiener. »Zwanzig Jahre jünger als ich.«

»Wir haben uns viel vorzuplaudern, denke ich«, sagte der Staatspräsident, seinen Mörder durch den nun hell erleuchteten Korridor führend.

Sie betraten ein kleines Zimmerchen, gegen den Quai gelegen, mit Kerzen erhellt und einem Tischchen in einer Fensternische, auf dem kostbares Geschirr auf weißem Linnen bereitstand und funkelnde Kristallgläser.

»Ich werde ihn erdrosseln«, dachte Archilochos trotzig, »so ist es am einfachsten.«

»Setzen wir uns, Liebster, Bester«, sagte der höfliche, alte Präsident, Arnolphs Arm leise berührend, »von hier aus können wir in den Hof spähen, wenn es uns Freude macht, auf die Herren von der Wache hinunter mit den weißen Federbüschen, die überrascht wären, jemand bei mir eingedrungen zu wissen. Die Idee mit der Leiter ist vortrefflich und freut mich um so mehr, weil auch ich manchmal mit einer Leiter über die Mauer steige, zu nächtlicher Stunde, gerade wie Sie eben, doch dies ganz unter uns. Ein alter Staatspräsident muß eben manchmal auch zu solchen Mitteln greifen, gibt es doch im Leben Angelegenheiten, die zwar einen Ehrenmann, aber nicht die Herren von der Presse angehen. Ludewig, schenk uns den Champagner ein.«

»Danke schön«, sagte Archilochos, »aber ermorden werde ich ihn trotzdem«, dachte er.

»Und dazu Hähnchen«, freute sich der alte Herr, »das haben wir immer in der Küche, Ludewig und ich, Champagner und Hähnchen nachts um drei. Das ist etwas Vernünftiges. Ich nehme an, Ihre Mauerbesteigung hat Sie ordentlich hungrig gemacht.«

»Etwas«, sagte Archilochos ehrlicherweise und dachte an seine Fassadenkletterei. Der Kammerdiener servierte aufs würdigste, wenn auch mit bedenklichem Zittern.

»Kümmern Sie sich nicht um Ludewigs Schlottern«, sagte der Staatspräsident. »Er hat schon sechs meiner Vorgänger bedient.«

Arnolph reinigte seine Brille mit der Serviette. Die Bombe wäre bequemer gewesen, dachte er. Er wußte immer noch nicht, wie er vorgehen sollte. Er konnte nicht gut »entschuldigen Sie« sagen und mit Würgen beginnen; auch mußte noch der Kammerdiener umgebracht werden, damit er nicht die Wache holte, was das Unternehmen komplizierter gemacht hätte. So aß und trank er, zuerst Zeit zu gewinnen, sich den neuen Umständen anzupassen, dann, weil es ihm gefiel. Der würdige alte Herr tat ihm wohl. Es war ihm, als säße er bei einem Vater, dem er alles gestehen könne.

Das Hähnchen munde vortrefflich, lobte der Staatspräsident.

»Wirklich«, gab Archilochos zu.

»Auch der Champagner ist in Ordnung.«

»Ich habe nie gedacht, daß es sowas Köstliches gibt«, bekannte Archilochos.

»Plaudern wir dabei, kneifen wir nicht voreinander, kommen wir auf Ihre schöne Chloé zu reden, um die es ja geht, die Sie verwirrt«, forderte der Alte auf.

»Ich bin eben heute in der Heloisen-Kapelle sehr erschrocken«, sagte Archilochos, »als ich mit einem Male die Wahrheit erkannte.«

»Ich hatte auch etwas den Eindruck«, bestätigte der Präsident.

»Während ich Sie so dasitzen sah«, bekannte Arnolph, »in der Kirche, mit allen Ihren Orden, fuhr es mir mit einem Male durch den Sinn, daß Sie nur zur Hochzeit gekommen seien, weil Sie mit Chloé –«

»Sie verehrten mich sehr?« fragte der alte Herr.

»Sie waren mein Vorbild. Ich hielt Sie für einen strengen Alkoholgegner«, bemerkte Archilochos schüchtern.

»Das hat mir die Presse eingebrockt«, brummte der Staatspräsident, »weil die Regierung einen Kampf gegen den Alkoholismus führt, photographiert man mich immer mit einem Glas Milch.«

»Ebenso hieß es, Sie seien auch in moralischer Hinsicht äußerst streng.«

»Nur die Meinung des Frauenvereins. Sie sind Temperenzler?«

»Ebenfalls Vegetarier.«

»Nun trinken Sie Champagner, nun essen Sie Hähnchen?«

»Ich habe keine Ideale mehr.«

»Das tut mir leid.«

»Es sind alle Heuchler.«

»Auch Chloé?«

»Sie wissen genau, was Chloé ist.«

»Die Wahrheit«, bemerkte der Staatspräsident, legte einen abgenagten Hähnchenknochen zur Seite und rückte den Kerzenständer zwischen ihnen etwas weg, »die Wahrheit ist immer etwas Genierliches, wenn sie an den Tag kommt, nicht nur bei Frauenzimmern, bei allen Menschen und besonders beim Staate. Ich möchte manchmal auch aus meinem Palais stürzen – das ich schon rein architektonisch scheußlich finde – wie Sie aus der Heloisen-Kapelle, aber eben, ich habe nicht so recht die Courage und klettere heimlich über die Mauer. Ich will niemanden von den Betroffenen verteidigen«, fuhr er fort, »am wenigsten mich, es ist dies überhaupt ein Gebiet, von dem sich schicklich nur schwer reden läßt, und wenn schon, so nur nachts unter vier Augen, weil bei jedem Reden Ansichten und Moralitäten hineingeraten, die nicht dazugehören, und weil die Tugenden, Leidenschaften und Fehler der Menschen so nahe beieinanderliegen, daß leicht Verachtung und Haß aufkommen, wo Verehrung und Liebe allein das Gegebene wären. Ich will Ihnen daher nur eines sagen, Bester, Guter: Wenn es einen Menschen gibt, den ich beneide, sind Sie es, und wenn es einen gibt, für den ich fürchte, sind Sie es auch. – Ich hatte Chloé mit vielen zu teilen«, sagte er dann nach einer Weile, zurückgesunken in den Biedermeiersessel und Archilochos beinahe zärtlich unterrichtend, »sie war eine Königin in einem dunklen elementaren Reich. Sie war eine Kurtisane. Die berühmteste der Stadt. Ich will dies nicht beschönigen, und ich bin zu alt, es zu tun. Ich bin dankbar, daß sie mir ihre Liebe schenkte, und denke an keinen Menschen mit größerer Dankbarkeit zurück. Nun hat sie sich abgewandt von uns allen und ist zu Ihnen gekommen, so war denn ihr Freudentag für uns ein Abschieds- und Dankfest.«

Der greise Staatspräsident schwieg, strich mit der Rechten wie verträumt über seinen gepflegten Spitzbart, der Kammerdiener schenkte Champagner ein, und draußen hörte man die zackigen Befehle, den Stechschritt der Leibwache. Auch Archilochos hatte sich in seinen Sessel zurückgelehnt und dachte mit Befremden an die nun so nutzlose Bombe in seiner Manteltasche, als er zwischen den Vorhängen des Fensters hindurch spähte und Fahrcks' Wagen vor dem Wirtschaftsministerium warten sah.

»Was nun Sie betrifft, Bester, Liebster«, fuhr der Staatspräsident nach einer Weile leise fort, sich eine kleine helle Zigarre anzündend, die ihm der Kammerdiener gereicht hatte (auch Archilochos rauchte), »so begreife ich Ihre stürmischen Gefühle. Welcher Mann wäre in Ihrer Situation nicht beleidigt. Doch sind es gerade diese so natürlichen Gefühle, die es zu bekämpfen gilt, da doch sie den größten Unfug anrichten. Helfen kann ich nicht, wer vermöchte dies auch, ich kann nur hoffen, daß Sie über eine Tatsache hinwegkommen, die niemand zu leugnen vermag, die nur dann hinfällig und unbedeutend wird, wenn Sie die Kraft haben, an die Liebe zu glauben, die Ihnen Chloé entgegenbringt. Das Wunder, das da zwischen euch beiden geschah, ist nur durch die Liebe möglich und glaubwürdig und wird außerhalb dieser Liebe zu einer Farce. So wandeln Sie denn auf einer schmalen Brücke, über gefährliche Abgründe, auf einem Schwert wie die Mohammedaner, wenn sie in ihr Paradies einziehen, habe wenigstens einmal so was gelesen; aber nehmen Sie doch noch etwas vom Hähnchen«, forderte er seinen verhinderten Mörder auf, »es ist wirklich vortrefflich und immer etwas Tröstliches.« Archilochos saß da, von Kerzen umschimmert, versunken in die wohlige Wärme des Raumes. An den Wänden hingen in schweren goldenen Rahmen ernste, längst verblichene Staatsmänner und Helden und betrachteten ihn nachdenklich, fremd, erhaben, eingegangen in die Ewigkeit. Eine ihm sonst unbekannte Ruhe war in seine Seele eingezogen, eine unbegreifliche Heiterkeit, nicht nur durch die Worte des Staatspräsidenten bewirkt, was waren auch Worte, doch durch dessen gütige, väterliche, höfliche Art.

»Sie sind begnadet worden«, bemerkte der alte Herr noch, »der Grund dieser Gnade kann zweierlei sein, und es hängt von Ihnen ab, was er sei: die Liebe, wenn Sie an diese Liebe glauben, oder das Böse, wenn Sie an diese Liebe nicht glauben. Die Liebe ist ein Wunder, das immer wieder möglich, das Böse eine Tatsache, die immer vorhanden ist. Die Gerechtigkeit verdammt das Böse, die Hoffnung will bessern, und die Liebe übersieht. Nur sie ist imstande, die Gnade anzunehmen, wie sie ist. Es gibt nichts Schwereres, ich weiß es. Die Welt ist schrecklich und sinnlos. Die Hoffnung, ein Sinn sei hinter all dem Unsinn, hinter all diesen Schrecken, vermögen nur jene zu bewahren, die dennoch lieben.«

Er schwieg, und zum ersten Male konnte Archilochos wieder an Chloé denken, ohne Grauen, ohne Entsetzen.

24

Dann, als die Kerzen niedergebrannt waren, half der Staatspräsident Archilochos in den Mantel mit der nun nutzlosen Bombe und begleitete ihn, da der Lift gerade nicht funktionierte, zum Hauptportal hinunter, weil er, wie er sagte, Ludewig nicht embêtieren wolle, der steif und korrekt neben dem Sessel seines Herrn stehend eingeschlafen war, ein Kunststück, worüber der alte Herr äußerte, es sei unter allen Umständen zu respektieren. So gingen sie denn beide durch das leere Staatspalais nach unten, die breite, geschwungene Treppe hinab, Archilochos getröstet, mit der Welt zufrieden, sich nach Chloé sehnend, der Staatspräsident mehr wie ein Museumsdirektor, bald in diesem, bald in jenem Saal die Lichter anzündend und die nötigen Erklärungen abgebend. Hier repräsentiere er, sagte er etwa und deutete in einen monumentalen Prunksaal, oder hier nehme er die Demission der Ministerpräsidenten entgegen, zweimal im Monat, und hier in diesem intimen Salon mit dem beinahe ganz echten Raffael habe er mit der englischen Königin und ihrem Prinzgemahl den Tee genommen und sei dabei fast eingeschlafen, als der Prinzgemahl auf die Marine zu sprechen gekommen sei, nichts langweile ihn eben so wie Marinegeschichten, und nur die Geschicklichkeit des Chefs des Protokolls habe ein Unglück verhütet; der habe ihn im entscheidenden Augenblick geweckt und ihm eine marinegemäße Antwort zugeflüstert. Sonst seien sie ganz nett gewesen, die Engländer. Dann nahmen sie Abschied, zwei Freunde, die sich ausgesprochen, die Frieden miteinander geschlossen hatten. Vom Hauptportal winkte der Alte noch einmal lächelnd, heiter. Archilochos blickte zurück. Das Palais ragte in die kalte Nacht, nun düster, wie eine riesenhafte, verschnörkelte Kommode, der Viertelsmond war nicht mehr zu sehen. Er schritt zwischen den salutierenden Leibwachen hindurch und gelangte auf den Quai de l'Etat, schwenkte jedoch in die Ruelle Etter zwischen der Nuntiatur und der Schweizerischen Gesandtschaft ein, da er vom Wirtschaftsministerium her Fahrcks' Wagen heranbrausen sah, gelangte in der Rue Stäbi vor die ›Pfyffersche Bar‹ und nahm dort ein Taxi; mit Fahrcks wünschte er nicht mehr zusammenzutreffen. Dann rannte er durch den Park, nur von dem Gedanken beherrscht, Chloé in die Arme zu schließen. Das Rokokoschlößchen war hell erleuchtet. Wilder Gesang dröhnte ihm entgegen. Die Haustüre war offen. Zigarren- und Pfeifenrauch qualmte in dicken gelben Schwaden, Bruder Bibi mit seinen Kinderchen hatte nun vom ganzen Haus Besitz ergriffen. Überall saßen und lagen die Mitglieder der Bande betrunken und lallend herum, auf den Sofas, unter den Tischen, eingewickelt in die heruntergerissenen Vorhänge, die Vaganten, Zuhälter und Strichjungen der Stadt schienen versammelt, in den Betten kreischten Weiber, entblößte Busen schimmerten, Galgenvögel saßen in der Küche und fraßen, schmatzten, soffen die Vorratskammer und den Keller leer, Matthäus und Sebastian spielten mit zwei Holzbeinen im Eßzimmer Hockey, im Korridor übte der Onkel Kapitän Messerwerfen mit Mammachen, während Jean-Christoph und Jean-Daniel mit dessen Glasauge

Marmeln spielten und Theophil und Gottlieb, Dirnen auf dem Schoß, die Treppengeländer hinunterrutschten; Arnolph rannte, von böser Ahnung gepeinigt, ins obere Stockwerk, am Galeriebesitzer Nadelör vorbei, der immer noch fiebernd in seinem Bett lag, durch das Boudoir, wo aus dem Badezimmer Männergesang und Wasserplantschen zu vernehmen war und die schrille Stimme Magda-Marias, und als er ins Schlafzimmer stürzte, lag im Bett Bruder Bibi mit einer Mätresse (unbekleidet); Chloé war nirgends, wo er auch gesucht, geforscht, gestöbert hatte.

»Wo ist Chloé?«

»Was denn, Bruder«, sagte Bibi vorwurfsvoll, eine Zigarre schmauchend: »Betritt nie ein Schlafzimmer ohne anzuklopfen.«

Bibi kam nicht weiter in seiner Rede. Mit seinem Bruder hatte sich eine Wandlung vollzogen. War er mit den zärtlichsten Gefühlen in sein Schlößchen gestürzt, voll Liebe, voll Sehnsucht nach Chloé, so verwandelten sich nun diese Gefühle in Zorn. Der Unsinn, diese Familie jahrelang unterhalten zu haben, die Frechheit, mit der sie sein Schlößchen erobert hatte, die Angst, Chloé durch eigene Schuld verloren zu haben, verwandelten ihn in einen Wüterich. Er wurde ein Ares, ein griechischer Kriegsgott, wie es Passap vorausgesagt hatte, mit dessen Drahtplastik er denn auch auf den zigarreschmauchenden und sich mit seiner Mätresse im Ehebett seines Bruders breitmachenden Bibi einhieb, daß der mit einem Schrei hochfuhr und, von einem Kinnhaken getroffen, zur Türe torkelte, wo ihn Arnolph noch einmal zusammenschlug, doch nun schon mit der Mätresse beschäftigt, die er an den Haaren in den Korridor schleppte und dem durch Bibis Gebrüll gewarnten und herbeirasenden Kapitän entgegenschmiß, worauf beide die Treppe hinunterpolterten. Aus allen Türen stürzten sich nun Messerstecher, Zuhälter und anderes Gesindel auf ihn, bald Mitglieder seiner Familie, wie Theophil und Gottlieb, die er die Wendeltreppe hinunterschmetterte, samt Nadelör, der mit dem Renaissancebett folgte, bald Sebastian und Matthäus, die er verprügelte, bald Magda-Maria mit ihrem Verehrer (Chinese), die er nackt durch die zersplitternden Scheiben zum Fenster hinaus in den Park hinunterwarf, bald unbekanntes Gelichter. Prothesen pfiffen durch die Luft, Stuhlbeine, Blut spritzte, Dirnen flohen, Mammachen wurde ohnmächtig, Strichjungen, Falschmünzer huschten davon, die Köpfe geduckt, vor Angst pfeifend wie Ratten. Er hieb um sich, würgte, kratzte, stieß zu, schmetterte zu Boden, schlug Köpfe ein, Stirnen zusammen, vergewaltigte eine Mätresse, während Holzbeine, Schlagringe, Gummiknüttel, Flaschen auf ihn niedersausten, kam wieder hoch, befreite sich, schäumend, splitterbesät, brauchte einen runden Tisch als Schild, Vasen, Stühle, Ölgemälde, Jean-Christoph und Jean-Daniel als Geschosse, und trieb so, vorrückend, alles niederstampfend, zerfetzend, mit unermeßlichen Flüchen, die ganze Mörderbande aus seinem Haus, in welchem nun die Tapeten in Fetzen herunterhingen, wehende Fahnen in der eisigen Zugluft, in dem sich verziehenden Tabaksqualm, der jaulenden Meute noch die Handgranate nachwerfend, die den Garten zugleich mit der ersten Dämmerung erhellte.

Dann stand er lange vor dem Eingang seines demolierten Schlößchens und starrte in den Morgen, der heraufstieg, silbern hinter den Ulmen und Tannen des Parks. Warme Windstöße brausten, peitschten die Bäume, schüttelten sie, Tauwetter brach herein. Das Eis auf dem Dach schmolz, Wasser rauschte im Kännel. Alles tropfte, riesige Wolkenwände fegten über die Dächer und Gärten, schwer, trächtig; Regen rieselte in dünnen Schleiern. Zerschlagen, notdürftig angezogen, hinkte, schlotterte Nadelör an ihm vorbei in den nassen Morgen.

»Sie als Christ.«

Archilochos beachtete ihn nicht. Er stierte aus verschwollenen Augen vor sich hin, blutverkrustet, den Hochzeitsfrack zerfetzt, mit heraushängendem Futter, die Brille verloren.

ENDE I

(Es folgt das Ende für Leihbibliotheken.)

24a

Er begann nach Chloé zu suchen.

»Mein Gott, Herr Arnolph«, rief Georgette, als er vor der Theke stand und einen Pernod verlangte, »mein Gott, was haben Sie denn?«

»Ich kann Chloé nicht finden.«

Das Lokal war voller Gäste. Auguste bediente. Archilochos trank seinen Pernod leer und verlangte einen zweiten.

»Haben Sie denn überall gesucht?« fragte Madame Bieler.

»Bei Passap, beim Bischof, überall.«

»Sie wird schon zum Vorschein kommen«, tröstete Georgette, »Frauen gehen nicht so schnell verloren und sind oft gerade dort, wo man sie nicht vermutet.«

Dann schenkte sie ihm einen dritten Pernod ein.

»Endlich«, sagte Auguste erleichtert zu den Radsportfreunden:

»Jetzt säuft er.«

Archilochos suchte weiter. Er drang in die Klöster, in die Pensionen, in die Appartementshäuser; Chloé blieb verschwunden. Er irrte durch sein leeres Schlößchen, durch den leeren Park, stand im nassen Laub. Nur die Bäume brausten, nur die Wolken jagten über die Dächer. Jähes Heimweh überfiel ihn, Sehnsucht nach Griechenland, nach rötlichen Felsen und dunklen Hainen, nach dem Peloponnes.

Zwei Stunden später schiffte er sich ein, und das heranbrausende Auto mit den Fahrcks-Banditen sandte der ›Julia‹, die aufheulend in den Nebel glitt, verfangen in den Rauch ihres Kamins, einige Kugeln nach, die dem abtrünnigen Attentäter galten, jedoch nur die müde wehende grün-goldene Landesfahne zerfetzten.

Auf der ›Julia‹ befanden sich Mr. und Mrs. Weeman, die ihn besorgt betrachteten, als er eines Nachmittags vor sie trat.

Mittelmeer. Das Deck voll Sonne. Überall Liegestühle. Archilochos sagte:

»Ich hatte schon einigemale die Ehre, mit Ihnen zu sprechen.«

»Well«, brummte Mr. Weeman.

Arnolph entschuldigte sich. Es sei nur ein Mißverständnis gewesen.

»Yes«, meinte Mr. Weeman.

Dann bat Archilochos, bei den Ausgrabungen in seiner alten Heimat mithelfen zu dürfen.

»Well«, entgegnete Mr. Weeman, faltete das Fachorgan für Altertumswissenschaft zusammen, und dann sagte er, seine kurze Pfeife stopfend: »Yes –«

So grub er denn in Griechenland nach Altertümern, in einer Gegend des Peloponnes, welche der Vorstellung, die er sich von seiner Heimat gemacht hatte, auch nicht im geringsten entsprach. Er schaufelte unter einer unbarmherzigen Sonne. Steingeröll, Schlangen, Skorpione und einige verkrüppelte Ölbäume gegen den Horizont hin. Niedrige kahle Berge, versiegte Quellen, nicht einmal Sträucher. Ein kreisender Geier über seinem Haupt, hartnäckig, nicht zu verscheuchen. Er pickelte wochenlang an einem Hügel herum, schweißüberströmt, den er langsam aushöhlte, Sand kam in einem endlich freigelegten schäbigen Gemäuer zum Vorschein; Sand, der in der Sonne glühend wurde, unter seine Nägel schlich, seine Augen entzündete. Mr. Weeman hoffte, einen Tempel des Zeus freigelegt zu haben, Mrs. Weeman vermutete eine Kultstätte der Aphrodite. Das Zanken der beiden war meilenweit zu hören. Die Griechen hatten sich längst verzogen. Stechmücken summten, Fliegen bedeckten sein Gesicht, krochen über seine Augen. Dämmerung brach herein, von ferne schrie ein Maultier, schrill und klagend. Die Nacht war kalt. Archilochos lag in seinem Zelt neben der Ausgrabungsstätte, Mrs. und Mr. Weeman in der zehn Kilometer entfernten Hauptstadt des Distrikts, in einem armseligen Nest. Nachtvögel umstrichen das Zelt, Fledermäuse. In der Nähe heulte ein unbekanntes Tier, vielleicht ein Wolf, dann war es wieder still. Er schlief ein. Gegen Morgen meinte er einige leichte Schritte zu hören. Er schlief weiter. Sobald die Sonne rot und glühend von den sinnlosen kahlen Hügeln her sein Zelt berührte, erhob er sich. Er torkelte zu seiner einsamen Arbeitsstätte, zum Gemäuer. Es war immer noch kalt. Hoch oben kreiste wieder der Geier. Im Gemäuer war es fast noch dunkel. Die Glieder schmerzten. Er machte sich an die Arbeit und setzte die Schaufel an. Vor ihm lag ein länglicher Haufen Sand, schimmernd im Halbdunkel, doch schon nach dem ersten vorsichtigen Zustoßen spürte er Widerstand. Die Liebesgöttin oder der Zeus, dachte er, neugierig, wer nun recht habe, die Archäologin oder der Archäologe, griff er mit beiden Händen zu, scharrte den Sand weg und legte Chloé frei.

Er wagte kaum zu atmen und starrte auf die Geliebte.

»Chloé«, rief er, »Chloé, wie kommst du denn hieher?«

Sie öffnete die Augen, blieb jedoch im Sand liegen.

»Ganz einfach«, sagte sie, »ich bin dir nachgereist. Wir hatten zwei Fahrscheine.«

Dann saßen sie auf dem Gemäuer und schauten in die griechische Gegend, nach den niedrigen, kahlen Bergen mit der gewaltigen Sonne darüber, den verkrüppelten Ölbäumen in der Ferne und nach dem weißen Schimmer der Hauptstadt des Distrikts am Horizont.

»Das ist die Heimat«, sagte sie, »die deine und die meine.«

»Wo bist du denn gewesen?« fragte er. »Ich habe dich gesucht in der ganzen Stadt.«

»Bei Georgette. Oben in der Wohnung.«

Zwei Punkte bewegten sich in der Ferne, kamen näher. Mr. und Mrs. Weeman.

Dann hielt sie ihm ihre Liebesrede, ein wenig wie einst Diotima dem Sokrates (eine nicht ganz so tiefsinnige freilich, als Kind eines griechischen Großkaufmanns war Chloé Saloniki robuster, praktischer – damit sei auch ihre Herkunft berichtigt).

»Siehst du«, sagte sie, während der Wind mit ihren Haaren spielte und die Sonne immer höher in den Himmel rollte und die Engländer immer näher rückten mit ihren Maultieren, »du weißt nun, was ich gewesen bin, dies ist klar geworden zwischen uns. Ich hatte meinen Beruf satt, der ein harter Beruf war, wie jeder ehrliche Beruf. Aber ich war traurig dabei. Ich hatte Sehnsucht nach Liebe, danach, für jemanden zu sorgen, nicht nur zu seiner Freude dazusein, sondern auch für sein Leid, und wie ich eines Morgens, als der Nebel mein Schlößchen umgab, winterlich, dunkel, seit Wochen schon, in ›Le Soir‹ las, daß ein Grieche eine Griechin suche, war ich entschlossen, *diesen* Griechen zu lieben, nur ihn und niemand anderen, geschehe was wolle, wie er auch wäre. So bin ich zu dir gekommen, an jenem Sonntagmorgen um zehn, mit der Rose. Ich wollte mich nicht verstellen. Ich kam mit meinen besten Kleidern. Wie ich dich annehmen wollte, so wie du warst, solltest du mich annehmen, so wie ich war, und als ich dich am Tische sitzen sah, verlegen, unbeholfen, mit der dampfenden Milch und die Brille reinigend, geschah es, daß ich dich liebte. Doch da du glaubtest, ich sei noch ein Mädchen, da du so wenig Kenntnis der Welt aufwiesest, daß du meinen Beruf nicht zu erraten vermochtest, wie es doch Georgette und ihr Mann taten, wagte ich deinen Traum nicht zu zerstören. Ich fürchtete, dich zu verlieren, und machte alles nur schlimmer. Deine Liebe wurde lächerlich, und als du in der Heloisen-Kapelle die Wahrheit erkanntest, brach mit deiner Welt auch deine Liebe zusammen. Es war gut so. Du vermochtest mich nicht zu lieben ohne die Wahrheit, und nur die Liebe ist stärker denn sie, die uns zu vernichten drohte. Die Liebe deiner Blindheit mußte zerstört werden um der Liebe willen, die sieht und die allein zählt.«

24b

Doch dauerte es einige Zeit, bis Chloé und Archilochos zurückkehren konnten. Der Staat krachte zusammen. Fahrcks mit den Kreml-Orden unter dem Doppelkinn kam ans Ruder, rot färbte sich der Nachthimmel. Überall Fahnen, überall Sprechchöre: Ami go home; überall Transparente, überall Riesenbilder Lenins und des gerade nicht gestürzten russischen Ministerpräsidenten. Doch der Kreml war fern, der Dollar notwendig, die eigene Macht verlockend. Fahrcks zog ins westliche Lager, ließ den Chef der Geheimpolizei (Petit-Paysans Sekretär) aufknüpfen und residierte aufs würdigste im Staatspalais am Quai de l'Etat, von der gleichen Leibwache mit den goldenen Helmen und den weißen Federbüschen beschützt wie sein Vorgänger, das rote Haar sorgfältig frisiert, den Schnurrbart gestutzt. Er milderte sein Regiment, seine Weltanschauung verblich, und eines schönen Ostertags besuchte er die Sankt Lukas-Kathedrale. Die bürgerliche Ordnung kehrte wieder ein, doch fanden sich Chloé und Archilochos nicht mehr zurecht. Sie versuchten es noch einige Zeit lang. Sie eröffneten im Schlößchen eine Pension. Passap mietete sich ein, außer Kurs gekommen (auf dem Gebiet der Kunst hielt Fahrcks am sozialistischen Realismus fest), Maître Dutour, auch er verkracht, Hercule Wagner mit seiner gewaltigen Gattin, auch er abgesetzt, und der gestürzte Staatspräsident, höflich, den Gang der Dinge betrachtend, schließlich

Petit-Paysan (die Verbindung mit dem Gummi- und Schmieröl-Trust war sein Pech), Hausarbeit verrichtend: eine bankerotte Gesellschaft. Nur der Bischof fehlte. Er war zu den Neupresbyteranern der vorletzten Christen übergetreten. Die Pensionäre tranken Milch und sonntags Perrier, lebten still, sommers unter den Bäumen des Parks, verträumt, eingesponnen in eine milde Welt. Archilochos war bestürzt. Er wanderte zu seinem Bruder, der in der Vorstadt mit Mammachen, dem Onkel Kapitän und den Kinderchen eine Kleingärtnerei betrieb, hatte doch die Prügelei Wunder bewirkt (Matthäus bestand das Lehrerexamen, Magda-Maria die Kindergärtnerinnenprüfung, die anderen gingen teils in die Fabrik, teils in die Heilsarmee). Doch blieb er nicht lange dort. Die wackere Atmosphäre, der pfeifenschmauchende Kapitän und die strickende Mama langweilten ihn samt Bibi, der nun an seiner Stelle die Heloisen-Kapelle besuchte. Viermal in der Woche.

»Sie sehen bleich aus, Monsieur Arnolph«, sagte Georgette, während er wieder einmal bei ihr an der Theke stand (hinter ihr über den Schnaps- und Likörflaschen nun Fahrcks im Edelweißrahmen), »haben Sie Kummer?«

Sie reichte ihm ein Glas Pernod.

»Alles trinkt Milch«, brummte er. »Die Radsportfreunde und nun auch Ihr Mann.«

»Was will unsereiner«, sagte Auguste, immer noch im Maillot jaune, und rieb sich die flimmrigen Beine: »Die Regierung hat eine neue Antialkoholkampagne beschlossen. Außerdem bin ich schließlich ein Sportler.«

Dann bemerkte Archilochos, wie Georgette eine Flasche Perrier öffnete.

»Auch sie«, dachte er schmerzlich. Und während er neben Chloé im Himmelbett lag, hinter den roten Vorhängen, und im Kamin die Holzscheite brannten, sagte er: »Es ist ja ganz schön in unserem kleinen Schlößchen mit den zufriedenen, alternden Pensionären, ich möchte nicht klagen, doch kommt mir die tugendhafte Welt, in der wir nun leben, unheimlich vor. Es scheint mir, als hätte ich die Welt bekehrt und sie mich, so daß die Sache wieder aufs gleiche hinauskomme und alles unnütz gewesen sei.«

Chloé hatte sich aufgerichtet.

»Ich muß an unser Gemäuer denken, die ganze Zeit, in unserer Heimat«, sagte sie. »Als ich mich damals mit Sand bedeckte, dich zu überraschen, und so dalag an diesem dunklen Morgen und nach dem Geier spähte, der über dem Gemäuer kreiste, spürte ich etwas Hartes unter mir, etwas Steiniges, wie zwei große Halbkugeln.«

»Die Liebesgöttin«, schrie Archilochos und sprang aus dem Bett. Auch Chloé hatte es verlassen.

»Wir dürfen nie aufhören, nach der Liebesgöttin zu suchen«, flüsterte sie, »sonst werden wir von ihr verlassen.«

Sie zogen sich an, geräuschlos, packten einen Koffer, und als Sophie am andern Morgen das Schlafzimmer gegen elf nach langem vergeblichem Klopfen betrat, von den besorgten Pensionären begleitet, fand sie es leer.

ENDE II

Mister X macht Ferien

Fragment

1957 [1953]

Mister X, dessen Existenz uns seit jeher etwas befremdet, verließ den makabren Ort seiner Tätigkeit (noch von einigen schwefelgelben Flammen umzüngelt) und gelangte nach endlosem Aufstieg über verschiedene Treppen und Leitern zu den Büroräumen des Mister U, dessen Beruf und Namen wir ebenso verschweigen wie den seines Besuchers. Mister X hatte sich herausgeputzt, sein Besuch war wichtig und seit undenkbaren Zeiten nicht mehr unternommen: herausgeputzt, soweit dies bei seiner zwar ehrlichen, aber von Natur aus nun eben schmutzigen Tätigkeit in den ungelüfteten und, wie alle Welt weiß, heißen Räumen möglich war, die er bewohnte. So schlotterte ihm ein zerschlissener Gehrock um die schmächtige Gestalt, die Hosen waren sorgfältig gebürstet und die Hände sauber – wenn wir von den schwarzumränderten Fingernägeln absehen; das gleiche galt vom Gesicht – wo wir die Ohren übergehen –, das einen bescheidenen und – für die meisten von uns vielleicht wider Erwarten – durchaus vertrauenerweckenden Eindruck machte. Kurz vor der Türe jedoch, die in Mister Us Büroräume führte, verließ ihn der Mut, der ihn getrieben hatte, den Aufstieg zu wagen, war er doch im Begriff, vor seinen Chef zu treten. Die Hühnerleiter, die zu der morschen Türe führte (womit wir am besten die Art Leiter beschreiben), bestieg er zwar noch entschlossen, aber es vergingen einige Augenblicke, bis er zaghaft an der Klingel zog, in der Hoffnung, sie sei gerade noch zu hören. Doch verhielt sich die Klingel anders, als er glaubte: ihr gewaltiger, jenem der Kirchenglocke ähnliche Klang ließ ihn zusammenzucken. Er brauchte nicht lange zu warten. Ein Klappfenster öffnete sich, und das rosige Antlitz eines weißbärtigen, alten Mannes schaute heraus, um gleich wieder hinter dem zufallenden Fensterchen zu verschwinden: Ebenso erschrocken wurde kurz darauf, wie sich das Fensterchen in der Türe zum zweiten Mal öffnete, der Besucher in seinem noch nicht von allem Kohlenstaub gereinigten Gehrock von einem diesmal bartlosen Gesicht betrachtet, welches, seiner Humorlosigkeit nach, wohl einem der Angestellten in Mister Us Verwaltung angehören mußte: einem Wesen, das voll böser Ahnungen den Unterbruch des ewigen Einerlei in der Wirtschaft da oben mit einem ergebenen Seufzer wahrnahm. Doch wurde Mister X schneller vorgelassen, als wohl auch die beiden hinter der Türe geglaubt hatten. Der Chef ließ bitten. Der Angestellte – auch seinen Namen wollen wir verschweigen –, der noch jugendliche Oberangestellte Y, führte Mister X durch den Korridor, an dessen äußerem Ende Mister Us Studierzimmer lag, und so luftig war das Gebilde, daß der Besucher durch den morschen Boden immer wieder einsank, indem bald sein linker Fuß, bald sein rechtes Bein über namenlosen Tiefen schwebte. Doch auch diesen letzten Weg bestand er. Mister U, dem Aussehen nach einem lutherischen Landgeistlichen angenähert, empfing ihn freundlich. »Es ist alles in Ordnung bei Ihnen da unten, will ich hoffen«, sagte er und betrachtete Mister X nicht ohne Sorge, nicht ohne Mißtrauen. »Gewiß«, antwortete der, »alles ist in Ordnung.« Mister

U atmete auf. »Gott sei Dank«, sagte er. »Wollen Sie sich setzen.« Der Besucher tat dies mit Vorsicht, denn der ihm angewiesene Stuhl war brüchig. Das Studierzimmer, irgendwo da oben, war groß und geräumig, doch ebenso luftig wie der Korridor vorhin, mehr ein Verschlag, mit bloßen Latten als Wänden, durch deren Risse und Astlöcher die Kälte des Raumes drang; der Besucher, an andere Räume gewöhnt und an andere Temperaturen, fror beträchtlich. Er war etwas geniert. Wenn ihn der Chef hinter seinem Schreibtisch auch mit Wohlwollen betrachtete und die vielen Tauben in den offenen Fenstern freundlich gurrten, so verwirrte ihn doch die Menge der Telephonbücher, die überall herumlagen, das alte, lange, verrostete Teleskop, schon eingestellt und auf einen fernen Punkt im Weltall gerichtet, den es zu kontrollieren galt (eine blaue, unermeßliche Sonne drohte zu explodieren), und besonders war es die Miene des Oberangestellten Y, die ihn in Verlegenheit setzte: die Theologie war ihm unheimlich, wenn auch ihre Anfeindungen ihn mit einem gewissen Stolz erfüllten. Doch entließ Mister U den Oberangestellten Y, und X war allein mit seinem Chef. »Was willst du nun?« fragte Mister U, zum vertraulichen Du übergehend (sie hatten sich in einer historischen Nacht näher kennengelernt und angefreundet, eine Tatsache, die U vor seinen Angestellten nicht etwa verschwieg, weil er sich dessen schämte, sondern weil er, in Kenntnis ihrer einfachen und oft allzu pedantischen Gemüter, nicht Verwirrung stiften wollte). »Was willst du nun, mein lieber X? Ich weiß, Verbesserungen wären nötig bei dir da unten, gewisse hygienische Erleichterungen sollten geschaffen werden, wenn auch nicht für die Insassen, wo es aus prinzipiellen Gründen beim Stand der Dinge bleiben muß, so doch für das Aufsichtspersonal, aber eine Reform ist unmöglich, die Mittel fehlen, der Betrieb wirft nichts ab, soll ja auch nichts abwerfen, und so müssen wir uns denn einschränken. Du siehst selbst, daß wir uns auch hier oben nichts erlauben, und daß alles beim Alten, Provisorischen bleibt.« Mister X mußte niesen. Er sei nun seit Anbeginn im Betrieb, sagte er zögernd, seit sechstausend Jahren, oder seit sieben – so genau wisse auch er es nicht mehr –, und die schwere Arbeit, die ihm zugewiesen worden sei, habe er treulich getan. Das gebe er zu, antwortete der Chef, er könne sich nicht beklagen. Er habe sich immer geplagt, fuhr der Besucher fort, und, schon kühner geworden, fügte er bei, manchmal habe er das Gefühl, er sei der einzige im Betrieb, der wirklich arbeite. Es wurde dunkel im Studierzimmer, die Tauben hörten auf zu gurren, eine vorüberziehende Kumuluswolke verdeckte die Sonne, die Kälte des Raumes (des Weltraumes) wurde bedrohlich. Fröstelnd saßen die beiden im milchigen Weiß des Gewölks. »Auch damit gebe ich dir recht«, sagte der Chef, »du arbeitest zielbewußt, und wir hier oben sind stärker im Planen als im Ausführen. Kein Wunder (hier schien es, als ob Mister U seinen Untergebenen einen Moment lang beneide), deine Arbeit ist handfest, und unsere geistig.« Der andere war froh, daß die Tauben wieder gurrten und die Wolke sich lichtete (es hatte auch ein wenig zu schneien begonnen in dieser schwindelerregenden Höhe). Pausenlos habe er seit Anbeginn gearbeitet, sagte er, mit beträchtlichem Erfolg, das sei nicht zu bestreiten, wenn man den Zustand der Welt in Betracht ziehe, und die Anzeichen, die man von der Zukunft habe, würden noch weitere, noch großartigere Erfolge versprechen. Dies alles könnte ihn mit Stolz erfüllen, fuhr Mister X fort, wenn es sich nicht eben um Erfolge handeln würde, die jeden Mitfühlenden mit Besorgnis erfüllen müßten. Die Welt drohe nach und nach zum Teufel zu gehen. Mister U wunderte sich, daß gerade er, Mister X, sich solche Gedanken mache. Er sei wohl überarbeitet. »Eben«, rief da der Besucher aus, glücklich, das Stichwort für seine Bitte gefunden zu haben: »Ich brauche Ferien.« Mister U wunderte sich, war geradezu verblüfft. Eine solche Bitte war ihm noch nie begegnet. »Ferien?« fragte er vorsichtshalber, er hätte sich ja auch verhört haben können. »Ferien«, bestätigte der Besucher sein Anliegen, »nach sechstausend Jahren zum ersten Mal.« »Wie lange?« forschte der Chef weiter. »Drei Wochen«, antwortete der Besucher, das scheine ihm bescheiden. »Was willst du denn in den drei Wochen tun?« »Gutes«, antwortete Mister X. Der Chef traute seinen Ohren nicht. »Du willst Gutes tun?« flüsterte er. »Warum nicht«, antwortete der Besucher, das Gute sei immer seine Sehnsucht gewesen, und nun wolle er drei Wochen seiner Neigung leben. »Und wo willst du hin?« fragte Mister U gespannt. Der Besucher zögerte mit der Antwort. Er wurde rot und senkte zaghaft den Kopf. »Ins Zäzilienstiftchen«, sagte er endlich, »ins Zäzilienstiftchen in Ck...« Der Landgeistliche rollte den Weltenplan zusammen, den er gedankenverloren aufgerollt hatte. »Mein Gott«, rief er aus, »ins Zäzilienstiftchen? In den einzigen Ort dort unten, wo man meine Gebote hält? Warum denn nur?« Nun war für Mister X der Augenblick gekommen, den er am meisten befürchtete (möge er gnädig vorübergehen), um dessentwillen er noch kurz vor der Türe zu den Büroräumen irgendwo da oben gezögert hatte. Es galt, ein Geständnis abzulegen. Wenn Mister U sich entschließen könnte, nachzusehen, was denn über dem Kamin im Salon des Zäzilienstiftchens hange, nicht weit vom Schreibtisch der Schwester Eugenia von der schauerlichen Apokalypse, so würde der Chef alles begreifen, sagte er schüchtern. Der erhob sich. »Dann komm«, sagte er befremdet, »es nimmt mich nun doch wunder, was ausgerechnet du mit der Schwester Eugenia von der schauerlichen Apokalypse zu tun hast«, und führte den Besucher in eine weit entlegene Ecke seines Studierzimmers. Sie räumten Folianten, Himmelsglocken und anderen Kram weg und fanden zwischen morschen Balken, voll von Spinnweben, einen alten, halb zerfallenen Fernsehapparat. »Hoffentlich funktioniert er noch«, sagte Mister U und hantierte an den Drehknöpfen, die Erde finde er bald, er habe einige Übung darin, und das Zäzilienstiftchen betrachte er am liebsten. Die beiden nahmen vor dem Apparat Platz, eingewoben in die Spinnwebnetze, die von den Balken flatterten und in denen einige Kreuzspinnen aufgescheucht herumkletterten. Auf der verstaubten Scheibe erschien eine breiige Kugel, stark abgeplattet und gelblich, um die sich verschiedene Kügelchen drehten. »Das ist sie«, sagte der Chef, stolz auf seine Geschicklichkeit, doch der Besucher warf vorsichtig ein, er glaube nicht, die Erde habe doch nur einen Mond. »Du hast recht«, sagte Mister U, nachdem er in einem Fachwerk nachgelesen hatte, »dies ist möglicherweise der Jupiter«, und drehte weiter. Von ferne gurrten die Tauben herüber, und die Sonne, abgeschwächt durch die Weite des Zimmers, malte Kringel auf das alte Holz der Wände. Bei der bläulichen Kugel mit den weißen Polkappen und rötlich grünen Kontinenten, die auf dem Fernsehbild erschien, über das gerade eine Spinne wanderte, hatte der Chef das Rechte getroffen. »Da wären wir«, sagte er, »nun die Stadt Ck…, da muß man, glaube ich, nach rechts drehen.« Ein Meer war zu sehen, eine steile Küste, Wälder, Hügel, ein Fluß, silbern im Licht, und ein Schäfer grüßte herauf, den Hut schwenkend. Ck… schob sich ihnen entgegen, verrußt und golden zugleich. Blöcke von Stahl und Glas ragten in den Himmel, und aus den Schloten kroch dunkles Gewölk. Weithin endlose Reihen von Mietskasernen, weithin Plätze und Anlagen, durchsetzt mit Kirchen und Palästen und durchzogen von Bahngeleisen und Brücken. Stumm sahen die beiden hinunter. Gegen innen verdichtete sich die Stadt zu einem Wirrwarr alter Häuser. Enge Gassen erschienen. Sie waren schmutzig und zerfallen, mit Wäsche zwischen den hochgiebeligen Häusern. Der Chef schraubte sich näher. Ein Menschengewimmel erschien auf der Scheibe, Bettler, Zuhälter, Dirnen, bis auf die Zähne bewaffnete Polizisten dazwischen, und der Taschendieb Coucou le Lilas stahl einem Reisenden das Portemonnaie aus der Hose. »Eine böse Gegend«, bemerkte Mister U, »da hast du ganze Arbeit geleistet«, und er blickte etwas neidisch auf den Besucher. Ein Automobil raste durch die Gassen schräg in eine Kurve. »Viel zu schnell«, brummte der Chef. Die Insassen schossen mit Maschinenpistolen. »Das sollte verboten werden«, murmelte der Landgeistliche. Die Menschen stoben zur Seite. Die Polizei verkroch sich. Ein Marktstand wurde umgeworfen. Ein zweites Automobil jagte heran. »Bébé la Rose«, erläuterte Mister X. Der Chef runzelte die Stirne, umso mehr, als nun auch der Gangsterkönig Pipi le Lis sichtbar wurde, Kaugummi kauend und unrasiert, in der Türe eines Bordells, der Chef war nahe daran, abzustellen, auch Mister X war es peinlich. Pipi warf sein Messer, federnd glitt es Bébé ins linke Hinterrad. Der Wagen rutschte weg, die Polizei strömte zusammen, und Bébé la Rose schwang sich durch ein Fenster in Sicherheit (in die Arme der schönen Gangsterbraut May McMay). Oben in seinem Studierzimmer erwog Mister U eine neue Sintflut. Doch dann lächelte der Chef, und seine betrübten Züge glätteten sich. Das Zäzilienstiftchen war sichtbar geworden. Es lag am Ende eines großen Platzes, auf dem Kinder spielten. Es war von wilden Rosen umrankt, ein zierliches Rokokoschlößchen, halb verwittert, von einem verschnörkelten Eisenzaun umgeben. Schwestern huschten herum in altmodischer Tracht, Psalmen summend, auf leisen Schuhen, Gutes tuend: Schwester Marie vom Aussatz Naemans, Schwester Blanche vom siebenten Apostel, Henriette vom abgeschnittenen Busen der heiligen Agathe, Claire von Neros Fackelallee der brennenden Christen, und wie sie alle hießen. Auf gebogenen Sesselchen saßen sie und strickten Pullover von der Art, wie Mister U mit Befremden feststellte (indem er zurückschraubte), wie sie der Gangsterkönig trug. Aus einem alten Saal tönte Orgelmusik, und die jüngste, Röschen von den zehntausend Martern, beschenkte hungrige Kinder mit Butterbroten. Mister Us Züge verklärten sich immer mehr, die Tauben, die lange verängstigt geschwiegen hatten, gurrten wie noch nie, und die Sonnenkringel an der Wand leuchteten im intensivsten Gold. Doch dauerte dies nur einen Augenblick, der Umschwung war um so peinlicher: Denn wie nun auf der verstaubten Scheibe die Domina Schwester Eugenia von der schauerlichen Apokalypse im Salon die Bibel las, hing neben ihr, über dem Kamin, rosenumkränzt, sichtbar hochgeehrt, ein Portrait. Mister X senkte verlegen das Haupt. Der Chef starrte verwundert auf die Scheibe und stellte deutlicher ein. »Wie ist es möglich«, sagte er, und seine Stimme war so gewaltig, daß sich vor den Fenstern Gewitterwolken zusammenballten, »wie ist es möglich, daß dein Bild über dem Kamin des Zäzilienstiftchens hängt? Ich bitte dich, mir darüber Auskunft zu geben.« Mister X schwieg lange. »Mein Hang zum Guten«, antwortete er endlich, von schlechtem Gewissen geplagt. »Erkläre«, befahl der Chef, und nun donnerte es draußen. »Wenn du vielleicht bei mir in der Vergangenheit nachsehen würdest«, stotterte der Besucher. »Bitte«, brummte Mister U. Er drückte einen Hebel am Fernsehapparat nieder. Nach verschiedenen verunglückten Experimenten erblickten die beiden Mister X (von schwefelgelben Flammen umzüngelt) am düsteren Ort seiner Tätigkeit. Er nahm eine Amtshandlung vor. Er untersuchte einen Diplomaten. Schwitzend, in einem immer noch eleganten Frack, stand der Verstorbene vor ihm. Mister X arbeitete gründlich. Nichts entging ihm, keine Sünde, kein Schandlohn. Die Sünden trug er ins Register ein, die Banknoten legte er auf seinen halbverkohlten Schreibtisch. Dabei schob er, wie der Chef nun feststellte, einige Scheine in einen Kasten, der die Inschrift trug: Zäzilienstiftchen. »Du unterstützest meine Schäfchen«, sagte der Landgeistliche mit zitternder Stimme, »mit Geld, das dir deine amtlichen Untersuchungen einbringen?« Das stimme, gab Mister X kleinlaut zu, wovon sollten die Schwesterchen denn auch leben? Nichts koste so sehr wie Wohltaten. Das Geld komme dem Stiftchen mit der Post zu, die Schwesterchen hielten ihn für den reichen Gutsbesitzer Soederbloem (in der Fensterscheibe sah man Mister X ein Mandat ausfüllen), und als die Domina einmal um sein Bild gebeten, habe er es eben der nächsten Sendung beigelegt. Wer wisse dort unten schon, wie er aussehe. Dem Chef ging die Sache zu Herzen. Seufzend drehte er den Apparat ab. Die beiden kehrten zum Schreibtisch zurück (verstaubt, mit Spinnweben im Haar). Wie es nun mit seinen Ferien stehe, wollte Mister X wissen. Das sei ihm peinlich und ganz gegen den Weltenplan (den er wieder entrollt hatte), aber er wolle seinen Oberangestellten Y fragen, der sei in dergleichen besser orientiert als er selber, antwortete der Chef. Der Oberangestellte erschien. Wenn man ihn schon frage, sagte er, so möchte er gestehen, daß er den Sinn von Mister X' Betätigung nie begriffen habe, es stehe doch im Weltplan, daß dessen Unternehmen dereinst eingehen solle, was ihn doch im Grunde schon jetzt überflüssig mache. Der Chef nahm ein Stück altes Brot aus der Tasche. Er ging zum Fenster (die Wolken hatten sich verzogen) und fütterte die Tauben, warf dann durch das Teleskop einen Blick auf den fernen Punkt im Raume (auf die Sonne, die nun explodierte). »Mister X tut Gutes, und Y ist der Meinung, Mister X sei überflüssig«, sagte er endlich und musterte die beiden streng. »Es scheint sich um eine Rebellion zu handeln.« Mister X und der Oberangestellte Y verneigten sich verlegen, der Besucher nieste dabei, er hatte sich erkältet. »Nun gut«, sagte der Chef, »wir müssen es versuchen. Drei Wochen. Sie haben meine Schäfchen unterstützt, Mister X, und sollen Ihre Belohnung haben.« Es werde sich im Weltenplan nichts ändern, versuchte der Oberangestellte Y die letzten Bedenken zu beschwichtigen. Wenn auch Mister X nicht mehr zum Bösen verführen werde, drei Wochen lang, so würden die Menschen dennoch nicht davon ablassen es zu tun, und dies allein aus Gewohnheit. »Das mag sein«, antwortete der Chef, sich schon anderen, wichtigeren Aufgaben zuwendend und seine beiden Untergebenen entlassend: »Das mag sein. Ich befürchte nur, daß die Versuchung des Guten zu mächtig sein wird. Leben Sie wohl, Mister X Soederbloem« – worauf der Oberangestellte, den Besucher hinausbegleitend, insgeheim den Kopf schüttelte. Aufatmend und erfreut über das Gelingen seines Unterfangens kehrte Mister X in seine Behausung zurück, nicht ohne beim übermütigen Abstieg die Treppengeländer hinunterzurutschen, soweit solche vorhanden waren. Unten angekommen, schrieb er der Domina einige Zeilen, in denen er seine, des Gutsherrn Soederbloems, Ankunft für übermorgen ankündigte – er werde drei Wochen bleiben –, und übergab den Brief einem seiner Angestellten, der eben nach oben fuhr – es war ein unterer Beamter der Abteilung für Sinnlichkeit –, mit dem Auftrag, ihn in den nächstbesten irdischen Briefkasten zu werfen. Der Brief des Mister X (Gutsherr Soederbloem) an die Schwester Eugenia von der schauerlichen Apokalypse war der letzte, den der Briefträger Emilio am nächsten Morgen zu besorgen hatte. Emilio war fünfundvierzig Jahre alt und stand fünfundzwanzig Jahre im Dienste der Post. Die monatlichen Geldsendungen, die er ins Zäzilienstiftchen bringen mußte (immer am dreizehnten), hatten ihn gezeichnet. Sein linkes Ohr war zerfetzt, seine rechte Hand durchlöchert; er hinkte und war eben von einem Lungenschuß kuriert worden. Auch diesmal machte er sich widerwillig auf den Weg. Er nahm ein Fahrrad, obgleich es ihn behindern mußte.

Doch die Furcht verleitete ihn, die Altstadt stand in schlimmem Ruf. So bog er denn von der Marschall-Vögeli-Allee nach links, fuhr am Pantheon vorbei und gelangte bei Vrener und Pott durch die Keßlergasse in die gefährliche Gegend. Seine Befürchtung erwies sich als richtig. Es fiel ihm auf, daß die Keßlergasse nicht wie sonst voll Geschrei und Lärm war, sondern leer. Kein Lebewesen war zu sehen – nicht einmal Ratten. Das Portal der Synagoge war verbarrikadiert, das Schulhaus niedergebrannt – es schwelte noch –, die Fenster der Häuser mit Brettern vernagelt, und die Geschäfte geschlossen. Der Briefträger wäre umgekehrt, aber da die Keßlergasse bei Vrener und Pott steil abfällt und das holprige Pflaster das Fahren gefährlich machte, bemerkte er die Veränderung erst, als er sich mitten in der Altstadt befand. Nun fuhr er an der Privatbank Wilhelm und Ernst vorbei. Ausgeraubt. Er spähte nach der Polizei. Vergeblich. Emilio erinnerte sich: Als ihm die Hand durchlöchert wurde, war es auch so gewesen. Es blieb ihm nichts anderes übrig, als den Weg fortzusetzen. Er fing an zu pfeifen ›Üb immer Treu und Redlichkeit, bis an dein kühles Grab‹. Er fühlte, wie man durch die Ritzen der verrammelten Türen und der vernagelten Fenster ängstlich nach ihm Ausschau hielt. Er fuhr durch die Metzgergasse, die beim Denkmal des unbekannten Polizisten beginnt und an deren Ende der Zäzilienplatz liegt. Emilio fuhr so schnell als möglich, doch war die Metzgergasse noch schlechter gepflastert als die Keßlergasse. Er kam langsam vorwärts und wurde hin- und hergerüttelt. Dabei wäre gerade hier Schnelligkeit am Platze gewesen, denn in den niedrigen Türen der Metzgergasse, die unverrammelt waren, standen die Gangster.

Emilio kannte sie wohl. Es waren Namen, die man in Ck... nur zu flüstern wagte. Dodo la Tulipe, der finstere Witwenwürger, Froufrou le Pavot, der berüchtigte Fassadenkletterer, Dada la Lavande, der Kirchenschänder, Sissi la Rhubarbe, der Abtreiber, Coucou le Lilas, der Taschendieb, Chichi la Violette, der Vergewaltiger, und andere, nicht minder prominente Persönlichkeiten. Der Briefträger fuhr schwitzend durch ihre Reihen, pfeifend vor Furcht. Von der Presse war nur JP Whiteblacke zugegen, der Reporter der ›Epoche‹. Die Gangster standen gegen die Türpfosten gelehnt und starrten in den Himmel hoch über der Häuserschlucht (in einen strahlenden Sommerhimmel). ›Weiche keinen Finger breit von Gottes Wegen ab‹, pfiff der Briefträger. Die Gangster pfiffen mit. Schauerlich stieg die fromme Melodie zum Himmel. Die Gangster rührten sich nicht. Nun lag der Zäzilienplatz vor Emilio, mit Tauben und spielenden Kindern, sonnenbeschienen, und jenseits lag das Stiftchen, wo er, um aller Sorgen ledig zu sein, nur noch den Kamillentee trinken mußte, den ihm die Schwester Marie vom Aussatz Naemans, die Pförtnerin, aufnötigte, wenn er die Post brachte. Der Briefträger schien gerettet. Er hatte nur noch die Schenke ›Zum Frommen Wunsche‹ zu passieren, ein baufälliges, einstöckiges Haus mit Geranien vor den staubigen Scheiben und einem blankgeputzten himmelblauen Schild mit goldener Inschrift. Der Briefträger wollte spurten. Da lachte ihm aus der Schenkentüre May McMay entgegen und zwinkerte mit dem linken Auge (Mister U oben sah es mit Mißbehagen). Emilio bremste und stieg vom Rad. Zwar hatte May auch damals gezwinkert, als er den Lungenschuß bekommen hatte, von dem er eben kuriert worden war. Aber so sehr sich der

Briefträger auch vor den Gangstern fürchtete (und vor einem neuen Lungenschuß), Frauen gegenüber war er ein Held. Er lehnte das Rad an den Rand des Gehsteigs und sah May an. Sie war schön. Größer als der kleingewachsene Emilio. Vollschlank und blond, ganz anders als seine Gattin zu Hause in der Apostelgasse mit den fünf Kindern und der Windelwäsche. »Willst du einen Pernod mit mir trinken?«, fragte May McMay und zwinkerte wieder. Die Gangster pfiffen weiter, an die Türpfosten gelehnt. Sie schienen sich nicht um den Briefträger zu kümmern. »Gerne«, stammelte Emilio. Schließlich hatte er nur einen Brief ins Stiftchen zu überbringen und kein Geld. Heute war nicht der dreizehnte, das mußten auch die Gangster wissen. Wie träumend betrat er an der schönen May Seite die Schenke ›Zum Frommen Wunsche‹. Die Sonne fiel durch die staubigen Scheiben. In der Apostelgasse lag die Wohnung gegen Norden. Nur noch von ferne hörte er die Gangster pfeifen ›Üb immer Treu und Redlichkeit‹. Die Schenke war leer (damals beim Lungenschuß auch). Hinter dem Schanktisch stand der blinde Celio. Pluto, der alte Schäferhund, hob nicht einmal den Kopf. Auf dem Tisch neben dem Fenster standen zwei Gläser mit Pernod, grünlichweiß im Sonnenlicht. Emilio war zu glücklich, zu verwegen, um Verdacht zu schöpfen. Mays Parfum duftete: Robe de nuit. Das letzte Mal war es Nuit d'amour gewesen. May setzte sich. Emilio setzte sich. Sie lächelten und stießen an. Emilio nahm einen Schluck und fiel in einen tiefen Schlaf. »Wenigstens eine neue Variante«, war das letzte, was er noch zu denken vermochte.

Schema einer Fortsetzung

Der Gangsterkönig Pipi le Lis betritt mit seinen Gangstern die Schenke ›Zum Frommen Wunsche‹ durch eine Hintertüre. May verschwindet, ebenfalls der blinde Celio und Pluto der alte Schäferhund. Ein Postsachverständiger nimmt dem eingeschläferten Emilio den Brief aus der Tasche und öffnet ihn sorgfältig. Der Inhalt wird vorgelesen. Bébé la Rose, der Rivale, betritt die Schenke ›Zum Frommen Wunsche‹. Er liest den Brief ebenfalls. Homerische Reden des Gangsterkönigs und Bébé la Roses, jeder hat den Ehrgeiz, schlechter, verworfener, lasterhafter als der andere zu sein. Zweikampf, der unentschieden endet. Beide schießen gleich gut mit ihren Maschinenpistolen, so daß sich die Kugeln in der Luft treffen. Gangsterfrieden. Feierlicher Schwur Pipi le Lis' und Bébé la Roses, einander ihre Abstammung von Huren und Verbrechern zu glauben (Pipi ist in Wirklichkeit ein Lehrers- und Bébé ein Pfarrerssohn). Sie beschließen, das Zäzilienstiftchen zu überfallen. Der Gutsherr Soederbloem soll gefangengenommen werden, wenn er das Stiftchen besucht. Dann legen sie den wieder sorgfältig verschlossenen Brief in Emilios Brieftasche zurück.

Emilio erwacht. Die Schenke ist leer, May verschwunden, aber der Brief ans Zäzilienstiftchen ist noch vorhanden. Hinter dem Schanktisch der blinde Celio, auf dem Boden der alte Schäferhund. Draußen in der Metzgergasse lehnen noch immer die Gangster an den Türpfosten und pfeifen ›Üb immer Treu und Redlichkeit‹. Der Briefträger gelangt mit seinem Rad zum Zäzilienstiftchen, vorsichtig durch das Getümmel der spielenden Kinder und der flatternden Tauben fahrend. Nachdem er den Brief der Pförtnerin abgegeben hat, wird er mit Kamillentee bewirtet.

Im Stiftchen herrscht Freude. Die Domina verkündigt, daß Gutsherr Soederbloem für drei Wochen eintreffen werde. Das Gästezimmer wird bereit gemacht. Schwester Röschen von den zehntausend Martern sieht Bébé la Rose, der sie um ein Stück Brot bittet, als Bettler verkleidet und in der Absicht gekommen, das Stiftchen auszuspionieren. Er erhält ein Butterbrot, das er mit großem Behagen verspeist, in den Anblick des errötenden Röschens versunken. In der Küche beginnen die Schwestern, zum großen Empfang Kuchen und Torten zu bereiten.

Mister X fährt als Gutsherr Soederbloem zur Erde herauf. Zuerst erscheint er einigen Bankiers, denen er Betrügereien nachweist. Zitternd sinken die Bankiers, einer nach dem andern, in ihre Schreibtischsessel zurück und füllen Mister X Schecks aus. Im Besitz eines unermeßlichen Vermögens geht Mister X nun für das Stiftchen einkaufen: zu Dior, zu Fath, in die Parfümerien, in die Bijouterien, in die Warenhäuser. Er kauft die elegantesten Büstenhalter, fantastische Abendkleider, den teuersten Schmuck, die besten Weine, den ältesten Kognak, usw.

Einzug Mister X ins Zäzilienstiftchen mit einer Karawane von Dienstmännern, die seine Geschenke tragen. Überall in den Haustüren und hinter den Mauern warten die Gangster mit Maschinenpistolen und Messern.

Mister X wird im Zäzilienstiftchen empfangen. Frommer Gesang der Schwesterchen, Rede des gerührten Mister X über das Thema ›Tut nur Gutes‹. Dann läßt er seine Geschenke auspacken. Die Schwesterchen flüchten bestürzt, als sie die Büstenhalter, die Abendkleider, den Schmuck sehen, kommen dann aber wieder langsam, eins nach dem andern, hervor. Probieren in ihren Zellen verschämt die Kleider, das Parfüm. Nur die Domina bleibt standhaft.

Droben beobachtet Mister U in seinem Fernsehapparat die Verwandlung im Zäzilienstiftchen. Der Oberangestellte Y ist nachdenklich geworden. Schmuck und Abendkleider sind etwas Schlechtes, wie er glaubt. Er kann es nicht verstehen, daß sich die Schwesterchen damit kleiden, umso mehr, als Mister X ja nun Ferien genommen hat und das Schlechte nicht mehr vorhanden ist. Und gar das Parfüm. Der Oberangestellte ringt die Hände. Mister U dagegen schmunzelt. Ihm gefallen die Schwesterchen in ihren schönen Kleidern fast mehr denn zuvor.

Das Fest im Zäzilienstiftchen. Die Schwesterchen haben sich nun in ihren Abendkeidern und in ihrem Schmuck hervorgewagt. Nur die Domina ist standhaft geblieben. Durch die Fenster starren die Kinder und die Bewohner des Quartiers. Die Domina tanzt mit Mister X zu den Klängen eines Harmoniums einen Walzer, wenn auch gezwungenermaßen und mit schlechtem Gewissen. Sie möchte Mister X hinausweisen, aber da sie sein Geld nötig hat, beschließt sie, ihn zu dulden.

Die Gangster bereiten am anderen Morgen ihren Sturmangriff vor. Der Gangsterkönig geht bedächtig über den Platz. Sobald er die andere Seite erreicht habe, solle der Sturmangriff beginnen, ist seine Geheimordre.

Pipi le Lis erreicht die Platzmitte. Da rollt ihm ein Kinderball vor die Füße. Er hebt ihn auf und wirft ihn einem Mädchen zu. Das kleine Mädchen lacht den Gangsterkönig an. Pipi le Lis wird wunderlich zu Mute. Er setzt sich auf eine Bank mitten auf dem Platz, lächelt hilflos zurück. Das Mädchen setzt sich auf seine Knie. Pipi le Lis wird gerührt, putzt sich die Nase. Der Gangsterkönig ist mit Kindern und Tauben bedeckt. Selig erzählt er den Kindern Märchen. Die Versuchung des Guten war zu groß. Die Gangster warten und warten. Sie wissen nicht, was sie tun sollen. Es wird Mittag, ein Uhr, zwei Uhr. Mister X kommt aus dem Zäzilienstiftchen, um sich auf einen Spaziergang zu begeben. Er sieht die Kinder, den Märchen erzählenden Gangsterkönig. Mister X macht Zauberkunststücke. Die Kinder und Pipi le Lis klatschen Beifall. Ringelreihen des Mister X und Pipi le Lis' mit den Kindern. Die Gangster mit ihren Maschinenpistolen sind verzweifelt.

Bébé la Rose beschließt, allein vorzugehen. Er schleicht durch ein Fenster ins Stiftchen hinein. Pipi le Lis und Mister X sind Freunde geworden und haben sich in das Zimmer von Mister X begeben, um Schmollis zu trinken. Mister X trinkt Champagner, Pipi le Lis Milch. Sie stoßen an. Bébé la Rose schleicht mit seiner Maschinenpistole durchs Haus. Im Korridor prallt er mit Röschen von den zehntausend Martern zusammen, die eine Torte in das Zimmer von Mister X tragen will (Mister X liebt vor allem Torten, die alle die Inschrift tragen müssen: ›Es lebe das Gute‹). Röschen hält die Torte ängstlich umklammert, die beiden fallen langsam auf die Knie. Bébé la Rose sieht Röschen von den zehntausend Martern an, und Röschen von den zehntausend Martern sieht Bébé la Rose an. Sie küssen sich.

Das Gute bricht in die Welt hinein. Das Erlebnis des Taschendiebs Coucou le Lilas. Er stiehlt eine mit fünfzig Tausendernoten gefüllte Brieftasche, rein aus Routine. Wie es ihm bewußt wird, will er sie dem Bestohlenen zurückgeben. Dieser weigert sich, das Geld anzunehmen. Wenn Coucou le Lilas schon stehlen müsse, werde er das Geld auch nötig haben. Die beiden Boxer, die sich nicht mehr boxen wollen. Usw.

Die Domina findet in der Kammer Röschen und Bébé schlafend. An der Wand hängt die Maschinenpistole mit einer Rose im Lauf. Die Domina ist verzweifelt, sie eilt zu Mister U hinauf. Doch da sie die Klingel der Bürotüre zu heftig zieht, ist kein Ton zu hören. Die Klingel reagiert nur bei zaghaftem Klingeln.

Mister X tut Gutes. In der Stadt Ck... bricht das Paradies aus. Gangster und Polizisten verbrüdern sich, usw. Pipi le Lis als Heilsarmeesoldat. Die Welt steht still, da nur das Gute existiert. Kein Kälbchen kann getötet, keine Ähre geschnitten werden. Die Wirtschaft bricht zusammen, weil der völlige Mangel an Korruption und Börsenschwindel sie stillegt.

Mister U an seinem Fernsehapparat beschließt einzugreifen. Er findet vor der Bürotüre die verzweifelte Domina. Er steigt mit ihr zur Erde hinunter. Gespräch Mister U mit Mister X, der einsieht, daß er wieder zu seiner Arbeit zurückkehren muß. Doch solle er, wie Mister U bittet, sie vielleicht lieber nicht so peinlich exakt ausführen wie bisher.

Mister X nimmt Abschied vom Zäzilienstiftchen. Die Schwestern, die Kinder winken und singen, auch die getröstete Domina.

Die Welt jedoch verwandelt sich zurück. Pipi le Lis

wird mitten in einer Heilsarmeeversammlung wieder der alte Gangsterkönig. Er eilt zu seinen Gangstern zurück, um den vom Stiftchen kommenden Mister X in der Metzgergasse zu überfallen. Tritt ihm mit der Maschinenpistole entgegen, worauf Mister X vor den Augen der entsetzten Gangsterkollegen mit Pipi le Lis in die Tiefe fährt. Nur eine kreisrunde Öffnung bleibt in der Straße zurück, woraus einige pechschwarze Wölkchen in die Höhe streben.

Röschen von den zehntausend Martern und Bébé la Rose aber verwandeln sich nicht mehr zurück und wandern davon.

Nachrichten über den Stand des Zeitungswesens in der Steinzeit

1949

Die jetzige Menschheit macht sich von der Zeit, in der ich gelebt habe, ein ebenso unrichtiges wie merkwürdiges Bild. Man glaubt, die Steinzeit sei ein primitives Zeitalter gewesen, und vergißt, daß die grundlegenden Erfindungen und Entdeckungen, die man heute als selbstverständlich hinnimmt, damals gemacht worden sind. Die Zeichnungen an den Wänden unserer Höhlen haben zwar einiges Interesse zu erwecken vermocht, aber von unserer hervorragendsten Kultureinrichtung, dem Zeitungswesen, hat man bis jetzt noch keine Notiz genommen.

Als jahrhundertelanger Redaktor des ›Liassischen Beobachters‹ – den man oft mit der ›Neuen Trias-Zeitung‹, dem Kampfblatt der Konservativen, verwechselt – möchte ich in einigen kurzen Zügen die gröbsten Mißverständnisse berichtigen und das dunkle Unwissen über unsere Zeit etwas erhellen.

Die Zeitung ist eine der ersten Erfindungen der Menschheit, und diejenige Meinung wird die richtige sein, die sagt, daß die Zeitung die zweite Erfindung überhaupt gewesen sei. Sie wurde nötig, als der Mensch erkannte, daß er die Gabe des Erfindens besaß, eine Erkenntnis, die natürlich erst nach der ersten Erfindung – dem Aufrechtgehen auf ebener Erde mittels der beiden Füße anstelle des Kletterns auf Bäumen – entdeckt werden konnte. Es wurde dem Erfinder blitzartig klar, daß die Erfindungen, die dank dieser Fähigkeit noch zu erwarten waren, nur dann ein Bestandteil der gesamten Menschheit werden konnten, wenn es möglich wurde, sie durch Zeitungen allgemein bekannt zu machen.

Die ersten Zeitungen erschienen noch in Baumrinde geritzt, aber schon im Perm-Zeitalter ging man dazu über, sie in Stein zu ritzen. Die damals aufkommenden Riesensaurier machten das solidere Material notwendig, wie wir ja auch damals anfingen, aus dem gleichen Grunde die Bäume zu verlassen und in Höhlen zu wohnen. Der Stein blieb von da an das bevorzugte Material, zuerst bei uns im Lias natürlich Kalkstein, erst später, als die Alpen hochkamen, verwendeten wir vorwiegend Granit; ich selbst habe im letzten Viertel meiner journalistischen Laufbahn dieses ideale Gestein noch erleben dürfen.

Der ›Liassische Beobachter‹ erschien als einzige Zeitschrift des Mesozoikums jährlich, die ›Kreidezeit‹, das Organ der Fortschrittspartei, versuchte dies auch, ging jedoch ein, um dann später als ›Zukunft‹ wie die anderen Zeitungen zehnjährlich herauszukommen. Die ›Carbonalzeitung‹, unser ältestes Blatt, erschien alle hundert Jahre.

Das Herstellen einer Zeitung war eine mühselige und zyklopische Arbeit, die gleichzeitig bärenhafte Kräfte, ein unbeugsames Ertragen der unmenschlichsten Strapazen, unbestechliches Urteil und literarischen Stil verlangte. Es war ein gefährliches Unternehmen, bei dem man den Tod ständig vor Augen hatte, und mancher Kollege wurde unter einem stürzenden Zeitungsblatt, an dem er vielleicht nur noch den Abonnementspreis hinzufügen wollte, für immer begraben.

Der menschliche Geist besiegt jede Schwierigkeit.

Besonders im Mesozoikum wurde das Zeitungschreiben durch große Erfindungen und Entdeckungen erleichtert. In meine Zeit fällt vor allem die Entdeckung der Schwerkraft. Ich entsinne mich noch meiner ersten Zeitungsjahre am später gleichzeitig mit dem Jurameer eingegangenen ›Jurameerboten‹. Wir trugen damals noch Wasser ins Tal, und die Bäume fällten wir so, daß wir von oben nach unten ein Stück des Stammes nach dem andern abschnitten und es kletternd mühsam hinuntertrugen.

Die Schwerkraft griff nun im Lias mit ihren Segnungen überall wohltuend und erleichternd ein. Im Zeitungsgewerbe lernten wir den Stein aus steilen Bergrücken zu gewinnen und dann hinunterfallen zu lassen. Extraausgaben – wie etwa jene anläßlich der Entstehung der Alpen – wurden auf runde Steine geschrieben und in die Ebene gerollt, eine Methode, die natürlich die Expedition der Zeitung, die ja der Verlag selbst übernehmen mußte, wesentlich vereinfachte. (Die Post wurde in der Tertiärzeit erfunden, also erst zu Beginn des Känozoikums.)

Waren unsere ersten Zeitungen naturgemäß mit Nachrichten über unsere großen Erfindungen und Entdeckungen angefüllt, von denen ich hier nur die Nutzbarmachung des Feuers und die geschichtemachenden militärischen Erfindungen des Knüttels und des Steinwerfens erwähnen möchte (die den Krieg so grausam machten, daß er unmöglich wurde), so änderte sich doch mit der Zeit das Wesen der Zeitung. Hatte sie bis jetzt ausschließlich der friedlichen und harmonischen Entwicklung des Menschengeschlechts gegolten, so brach nun in der Hauptsache mit dem Lias eine neue und einschneidende Epoche an.

Das friedliche Wohnen auf Bäumen, jenes goldene Zeitalter, von dem unsere Dichter singen, war zwar schon lange vorbei; doch hatte man die Hoffnung nicht aufgegeben, auf sie zurückzukehren. Die Höhlen erschienen den Menschen in der Permzeit als ein vorübergehendes notwendiges Exil; denn sie konnten doch nicht voraussehen, daß die ja erst vereinzelt auftretenden Saurier, vor denen sie in die Höhlen wichen, den Fortbestand der Menschheit in Frage stellen mußten, sie sahen in ihnen kaum mehr als ein launisches und etwas gefährliches Spiel der Natur. Der Lias belehrt uns eines andern. Wir mußten die Hoffnung, wieder auf die Bäume zu klettern, endgültig fallenlassen, nur utopische Kreise wie die Alt-Konservativen benützten sie noch zu einer weltfremden Propaganda für ihre Partei. Die Saurier waren uns Menschen hundertfach an Größe und tausendfach an Zahl überlegen. Sie bildeten immer neue, schrecklichere und phantastischere Formen aus. Sie verpesteten die Luft, zerstampften die Erde, verunreinigten das Wasser. Ihre stets länger werdenden Hälse machten immer tiefere und kompliziertere Höhlen notwendig. Aber nicht nur die Saurier bedrohten uns im Lias. Zu den Schrecken der Tierwelt gesellte sich der Schrecken der Natur. Die Erde selbst veränderte sich. Nicht umsonst hatte sie die ungeheuerlichen Tiere hervorgebracht. Die Alpen schoben sich krachend empor, begleitet von Erdbeben. Die Menschheit fühlte in ihren Höhlen die Berge über sich wanken und wagte dennoch nicht, die schützende Finsternis zu verlassen.

In dieser Zeit stellten sich die Zeitungen voll und ganz dem Menschengeschlecht zur Verfügung. Es ging jetzt nicht mehr darum, den Fortschritt zu gewährleisten; es ging jetzt darum, das nackte Leben zu retten.

Der Lias ist die große, heroische Zeit der Steinzeitzeitung. Immer häufiger rollten die Extrablätter und Sondernummern ins Tal, oder sie wurden in den langen Winternächten von den Redaktoren an schlafenden Sauriern vorbei über einen ständig wankenden Boden in die Höhlen ihrer Mitmenschen gewälzt. Es wurden Nachrichten über die Standorte der Saurierherden verbreitet, Abbildungen und Beschreibungen neuer Formen bekannt gemacht, Prognosen über die demnächst zu erwartenden Erdbeben gestellt. Dazu kamen Schlachtberichte von Kämpfen zwischen einzelnen Sauriern und einzelnen Menschensippen sowie ausführliche Kritiken dieser Schlachten. So war in jener Zeit des Schreckens die Zeitung oft die einzige Fackel der Freiheit.

Erst die mit überschwenglichen Hoffnungen stürmisch begrüßte Kreidezeit brachte die entscheidende Wendung. Die Saurier verließen die Gestade des immer mehr eintrocknenden Jurameers, und die Alpen waren endlich, wenn auch mit einigen Jahrtausenden Verspätung, aufgerichtet. Damit jedoch trat der ›Liassische Beobachter‹ seine letzte, leider vergebliche Mission an.

Es ist nicht zu bestreiten, daß die Kreidezeit eine der glücklichsten Epochen der menschlichen Geschichte gewesen ist, obschon ich glaube, daß sie an Größe und Bedeutung bei weitem nicht an jene des Lias herankommt. Die Menschen bewegten sich wieder frei und ungeschützt auf der Erde, obgleich sie die Höhlen aus Tradition nicht aufgaben. Die Künste blühten. Das Kochen wurde entdeckt. Die strengen Formen der Liasmalerei wichen den impressionistischen der Kreidekultur. Die strengen und genügsamen Sitten der Saurierzeit, die nur auf eine rücksichtslose Erhaltung der Menschheit abzielten, milderten sich, und Spiel und Tanz waren beliebt, besonders nach der Erfindung des Händeklatschens.

Wie sehr wir nun auch am ›Liassischen Beobachter‹ diese Dinge bejahen mochten, so entging uns doch nicht, daß ein schwächeres Weltalter angebrochen war, das mit der Zeit eine viel größere Gefahr werden mußte als die Saurier. Wir wurden von einer ständig zunehmenden Sorge erfüllt. Der Charakter der altbewährten Zeitung änderte sich, sie wurde konservativ.

Vor allem war es die Entdeckung der Kreide und ihrer Verwendung in der Schreibkunst, die unsere Besorgnis steigerte. Immer mehr Zeitungen wurden mit Kreide geschrieben und wandten sich so den vergänglichen Tagesneuigkeiten zu. Die Vielschreiberei bemächtigte sich der Menschheit. Der reine, lakonische Stil der Liassischen Klassik wurde vergessen. Es zeigte sich deutlich, daß mit der verschwundenen Gefahr auch die Kraft des Menschen erloschen war.

Der ›Liassische Beobachter‹ verlor seinen Kampf. Er ging am Ende des Mesozoikums ein. Es ist dies das schmerzliche Erlebnis meines Alters. Jene dunkle Neujahrsnacht im Jahre Million vor Christi Geburt, in der das Känozoikum begann, ist mir noch gut in der Erinnerung. Meine Ahnung sollte sich bestätigen. Schon sah ich die ersten Riesenmammuts vorbeiziehen, erbärmliche Zwerge im Vergleich zu den Sauriern, unfähig, die Menschheit wirklich zu gefährden und so stark zu machen. Die Erfindung der Post beirrte mich nicht. Die Erfindung des Steinschilds gab mir recht, die Hoffnungen, die wir auf den Knüttel und das Steinewerfen gesetzt hatten, stürzten zusammen, der Krieg war nun wieder theoretisch möglich geworden und erfolgte bald praktisch. Der Grund lag in der Erfindung des Staates, die im mittleren Tertiär gemacht wurde.

Aber nicht nur Krieg war die Folge dieser verhängnisvollen und unseligen Erfindung, auch das Zeitungssterben muß darauf zurückgeführt werden. Die Zeitungen konnten nur als internationale Einrichtungen für die gesamte Menschheit leben; der Staat degradierte sie zu Lokalblättern herab, für deren minime Aufgaben sie zu schwerfällig waren. Eine Zeitung nach der andern hörte auf zu erscheinen, und schon im Pliocän war die letzte Zeitung der Steinzeit, das ›Organ für Mergel und Gips‹, eingegangen.

Anhang

Nachweis

Die Sekundärliteratur wie auch Dürrenmatt selbst übermitteln oft widersprüchliche Angaben zu den einzelnen Texten; der nachfolgende Nachweis zur Publikationsgeschichte sowie zur Textgrundlage stützt sich auf die Dokumente aus Dürrenmatts Nachlaß und Archiv im Schweizerischen Literaturarchiv in Bern. Zweifelhafte oder unrichtige Datierungen der Texte im Textteil werden jeweils in eckigen Klammern an der entsprechenden Stelle berichtigt und im Nachweis kurz kommentiert.

Grieche sucht Griechin entsteht 1954/55 unter dem Arbeitstitel *Ich heiratete eine Kurtisane* und erscheint 1955 mit dem Untertitel ›Eine Prosakomödie‹ im Verlag der Arche, Zürich. 1966 verfilmt Rolf Thiele *Grieche sucht Griechin,* mit Heinz Rühmann und Irina Demick in den Hauptrollen. Bereits während der Entstehung 1955 wird eine Verfilmung geplant, die jedoch zu dem Zeitpunkt nicht realisiert wird. Der Text ist nach der gegenüber der Erstausgabe leicht redigierten Fassung der Werkausgabe 1980 wiedergegeben.

Das Fragment *Mister X macht Ferien* entsteht von April bis Juni 1953. Es erscheint erstmals 1978 im *Friedrich Dürrenmatt Lesebuch* im Verlag der Arche, Zürich.

Nachrichten über den Stand des Zeitungswesens in der Steinzeit wird erstmals in der *Festschrift für Max Ras zum 60. Geburtstag* (Basel, s. n.) am 4. Juni 1949 publiziert.

Friedrich Dürrenmatt im Diogenes Verlag

Werkausgabe in 37 Bänden mit einem Registerband

Jeder Band enthält einen Nachweis zur Publikations- und gegebenenfalls Aufführungsgeschichte sowie zur Textgrundlage

● Das dramatische Werk

Es steht geschrieben/ Der Blinde
Frühe Stücke

Romulus der Große
Eine ungeschichtliche historische Komödie in vier Akten. Neufassung 1980

Die Ehe des Herrn Mississippi
Eine Komödie in zwei Teilen (Neufassung 1980) und ein Drehbuch

Ein Engel kommt nach Babylon
Eine fragmentarische Komödie in drei Akten. Neufassung 1980

Der Besuch der alten Dame
Eine tragische Komödie. Neufassung 1980

Frank der Fünfte
Komödie einer Privatbank. Neufassung 1980

Die Physiker
Eine Komödie in zwei Akten. Neufassung 1980

Herkules und der Stall des Augias/Der Prozeß um des Esels Schatten
Griechische Stücke. Neufassung 1980

Der Meteor/ Dichterdämmerung
Zwei Nobelpreisträgerstücke. Neufassungen 1978 und 1980

Die Wiedertäufer
Eine Komödie in zwei Teilen. Urfassung

König Johann/ Titus Andronicus
Shakespeare-Umarbeitungen

Play Strindberg/ Porträt eines Planeten
Übungsstücke für Schauspieler

Urfaust / Woyzeck
Zwei Bearbeitungen

Der Mitmacher
Ein Komplex. Text der Komödie (Neufassung 1980), Dramaturgie, Erfahrungen, Berichte, Erzählungen. Mit Personen- und Werkregister

Die Frist
Eine Komödie. Neufassung 1980

Die Panne
Ein Hörspiel und eine Komödie

Nächtliches Gespräch mit einem verachteten Menschen/Stranitzky und der Nationalheld/Das Unternehmen der Wega
Hörspiele und Kabarett

Achterloo
Achterloo I / Rollenspiele (Charlotte Kerr: ›Protokoll einer fiktiven Inszenierung‹; Friedrich Dürrenmatt: ›Achterloo III‹) / Achterloo IV / Abschied vom Theater
Mit Personen- und Werkregister

● Das Prosawerk

Aus den Papieren eines Wärters
Frühe Prosa

Der Richter und sein Henker / Der Verdacht
Die zwei Kriminalromane um Kommissär Bärlach
Auch als Diogenes Hörbücher erschienen, gelesen von Hans Korte

Der Hund / Der Tunnel / Die Panne
Erzählungen
›Die Panne‹ auch als Diogenes Hörbuch erschienen, gelesen von Christian Brückner

Grieche sucht Griechin / Mister X macht Ferien / Nachrichten über den Stand des Zeitungswesens in der Steinzeit
Grotesken

Das Versprechen
Requiem auf den Kriminalroman /
Aufenthalt in einer kleinen Stadt
Fragment
›Das Versprechen‹ auch als Diogenes Hörbuch erschienen, gelesen von Hans Korte

Der Sturz / Abu Chanifa und Anan ben David / Smithy / Das Sterben der Pythia
Erzählungen

Justiz
Roman

Minotaurus / Der Auftrag oder Vom Beobachten des Beobachters der Beobachter / Midas oder Die schwarze Leinwand
Prosa
›Der Auftrag‹ auch als Diogenes Hörbuch erschienen, gelesen von Charlotte Kerr und Gert Heidenreich

Durcheinandertal
Roman

Labyrinth
Stoffe I–III: ›Der Winterkrieg in Tibet‹ / ›Mondfinsternis‹ / ›Der Rebell‹. Vom Autor revidierte Neuausgabe. Mit Personen- und Werkregister
Auch als Diogenes Hörbuch erschienen, gelesen von Wolfgang Reichmann

Turmbau
Stoffe IV–IX: ›Begegnungen‹ / ›Querfahrt‹ / ›Die Brücke‹ / ›Das Haus‹ / ›Vinter‹ / ›Das Hirn‹. Mit Personen- und Werkregister

Theater
Essays, Gedichte und Reden. Mit Personen- und Werkregister

Kritik
Kritiken und Zeichnungen. Mit Personen- und Werkregister

Literatur und Kunst
Essays, Gedichte und Reden. Mit Personen- und Werkregister

Philosophie und Naturwissenschaft
Essays, Gedichte und Reden. Mit Personen- und Werkregister

Politik
Essays, Gedichte und Reden. Mit Personen- und Werkregister

Zusammenhänge
Essay über Israel. Eine Konzeption /
Nachgedanken
unter anderem über Freiheit, Gleichheit und Brüderlichkeit in Judentum, Christentum, Islam und Marxismus und über zwei alte Mythen. 1980
Mit Personen- und Werkregister

Versuche / Kants Hoffnung
Essays und Reden. Mit Personen- und Werkregister

Gedankenfuge
Essays. Mit Personen- und Werkregister /

Der Pensionierte
Fragment eines Kriminalromans (Text der Fassung letzter Hand)

Registerband zur Werkausgabe Friedrich Dürrenmatt
Chronik zu Leben und Werk. Bibliographie der Primärliteratur. Gesamtinhaltsverzeichnis. Alphabetisches Gesamtwerkregister. Personen- und Werkregister aller 37 Bände

Außerhalb der Werkausgabe lieferbar:

● Gespräche

Gespräche 1961–1990
4 Bände in Kassette. Band 1: Der Klassiker auf der Bühne 1961–1970. Band 2: Die Entdeckung des Erzählens 1971–1980. Band 3: Im Bann der ›Stoffe‹ 1981–1987. Band 4: Dramaturgie des Denkens 1988–1990. Herausgegeben von Heinz Ludwig Arnold. In Zusammenarbeit mit Anna von Planta und Jan Strümpel

● Briefe

Max Frisch/Friedrich Dürrenmatt
Briefwechsel
Mit einem Essay des Herausgebers Peter Rüedi. Mit zwei Faksimiles

● Einzelausgaben

Der Richter und sein Henker
Kriminalroman. Studienausgabe mit zahlreichen Fotos aus dem Film und einem Anhang
Auch als Diogenes Hörbuch erschienen, gelesen von Hans Korte

Der Verdacht
Kriminalroman. Mit einer biographischen Skizze des Autors
Auch als Diogenes Hörbuch erschienen, gelesen von Hans Korte

Die Panne
Eine noch mögliche Geschichte
Auch als Diogenes Hörbuch erschienen, gelesen von Christian Brückner

Grieche sucht Griechin
Eine Prosakomödie

Das Versprechen
Requiem auf den Kriminalroman
Auch als Diogenes Hörbuch erschienen, gelesen von Hans Korte

Justiz
Roman

Minotaurus
Eine Ballade. Mit Zeichnungen des Autors

Der Auftrag
oder Vom Beobachten des Beobachters der Beobachter. Novelle in vierundzwanzig Sätzen
Auch als Diogenes Hörbuch erschienen, gelesen von Charlotte Kerr und Gert Heidenreich

Durcheinandertal
Roman

Der Pensionierte
Fragment eines Kriminalromans (Bibliophile Ausgabe). Text der Fassung letzter Hand. Faksimile des Manuskripts. Faksimile des Typoskripts mit handschriftlichen Änderungen. Mit einem Nachwort von Peter Rüedi und einem editorischen Bericht

Der Pensionierte
Fragment eines Kriminalromans (Text der Fassung letzter Hand). Mit einem möglichen Schluß von Urs Widmer und einem Nachwort von Peter Rüedi

Drei Kriminalromane
Der Richter und sein Henker / Der Verdacht / Das Versprechen

Albert Einstein
Ein Vortrag

● Anthologien und Sammelbände

Das Mögliche ist ungeheuer
Ausgewählte Gedichte. Mit einem Nachwort von Peter Rüedi

Das Dürrenmatt Lesebuch
Herausgegeben von Daniel Keel. Mit einem Nachwort von Heinz Ludwig Arnold

Meine Schweiz
Ein Lesebuch. Herausgegeben von Heinz Ludwig Arnold, Anna von Planta und Ulrich Weber. Mit einem Vorwort von Heinz Ludwig Arnold

Denken mit Friedrich Dürrenmatt
Ausgewählt und zusammengestellt von Daniel Keel und Anna von Planta

● Das zeichnerische Werk

Die Heimat im Plakat
Ein Buch für Schweizer Kinder

Die Mansarde
Die Wandbilder aus der Berner Laubeggstraße. 24 Abbildungen mit Texten von Friedrich Dürrenmatt. Mit einem Essay von Ludmila Vachtova

● Über Dürrenmatt

Elisabeth Brock-Sulzer
Friedrich Dürrenmatt
Stationen seines Werkes. Mit Fotos, Zeichnungen, Faksimiles

Über Friedrich Dürrenmatt
Essays, Zeugnisse und Rezensionen. Mit Chronik und Bibliographie. Herausgegeben von Daniel Keel. Verbesserte und erweiterte Ausgabe 1998

Friedrich Dürrenmatt Schriftsteller und Maler
Ein Bilder- und Lesebuch zu den Ausstellungen im Schweizerischen Literaturarchiv Bern und im Kunsthaus Zürich

Heinz Ludwig Arnold
Querfahrt mit Friedrich Dürrenmatt
Aufsätze und Reden

Leo Tolstoi im Diogenes Verlag

»Tolstoi steht stark und fest, er hat eine Riesenautorität, und solange er lebt, wird aller schlechter Geschmack in der Literatur, alle mögliche Trivialität, ob frech oder tränenselig, wird alle struppige, zornentbrannte Eitelkeit weit und tief im Schatten stehen.«
Anton Čechov

»Er hatte das Format des neunzehnten Jahrhunderts, dieser Riese, der epische Lasten trug, unter denen das soviel schmächtiger und kürzer atmende Geschlecht von heute zerknicken würde.« *Thomas Mann*

Anna Karenina
Roman. Aus dem Russischen von Arthur Luther. Mit einem Nachwort von Egon Friedell

Krieg und Frieden
Roman in vier Bänden in Kassette. Deutsch von Erich Boehme

Auferstehung
Roman. Deutsch von Ilse Frapan. Mit einem Nachwort von Stefan Zweig

Gesammelte Erzählungen
in sechs Bänden in Kassette

Außerdem erschienen:

Tolstois Flucht und Tod
Geschildert von seiner Tochter Alexandra. Mit den Briefen und Tagebüchern von Leo Tolstoi, dessen Gattin, seines Arztes und seiner Freunde. Mit 16 Fotografien

Meistererzählungen
Ausgewählt von Christian Strich. Deutsch von Arthur Luther, Erich Müller und August Scholz

Patricia Highsmith im Diogenes Verlag

Werkausgabe in 32 Bänden. Herausgegeben von Paul Ingendaay und Anna von Planta in Zusammenarbeit mit Ina Lannert, Barbara Rohrer und Kate Kingsley Skattebol. Jeder Band mit einem Nachwort von Paul Ingendaay.

Bisher erschienen:

Zwei Fremde im Zug
Roman. Aus dem Amerikanischen von Melanie Walz

Der Schrei der Eule
Roman. Deutsch von Irene Rumler

Das Zittern des Fälschers
Roman. Deutsch von Dirk van Gunsteren

Die stille Mitte der Welt
Stories. Deutsch von Melanie Walz

Lösegeld für einen Hund
Roman. Deutsch von Christa E. Seibicke

Der talentierte Mr. Ripley
Roman. Deutsch von Melanie Walz

Ripley Under Ground
Roman. Deutsch von Melanie Walz

Die Augen der Mrs. Blynn
Stories. Deutsch von Christa E. Seibicke

Der Schneckenforscher
Stories. Deutsch von Dirk van Gunsteren

Daraus die Story *Als die Flotte im Hafen lag* auch als Diogenes Hörbuch erschienen, gelesen von Evelyn Hamann

Ripley's Game oder Der amerikanische Freund
Roman. Deutsch von Matthias Jendis

Ediths Tagebuch
Roman. Deutsch von Irene Rumler

Tiefe Wasser
Roman. Deutsch von Nikolaus Stingl

Die zwei Gesichter des Januars
Roman. Deutsch von Werner Richter

Der süße Wahn
Roman. Deutsch von Christa E. Seibicke

Die gläserne Zelle
Roman. Deutsch von Werner Richter

Leise, leise im Wind
Stories. Deutsch von Werner Richter

Zwei Stories (›Der Mann, der seine Bücher im Kopf schrieb‹ und ›Leise, leise im Wind‹) auch als Diogenes Hörbuch erschienen:
Der Mann, der seine Bücher im Kopf schrieb
gelesen von Jochen Striebeck

Der Junge, der Ripley folgte
Roman. Deutsch von Matthias Jendis

Venedig kann sehr kalt sein
Roman. Deutsch von Matthias Jendis

Kleine Mordgeschichten für Tierfreunde
Kleine Geschichten für Weiberfeinde
Stories. Deutsch von Melanie Walz

Ausgewählte Stories auch als Diogenes Hörbuch erschienen:
Kleine Mordgeschichten für Tierfreunde
gelesen von Alice Schwarzer

Elsies Lebenslust
Roman. Deutsch von Dirk van Gunsteren

Ripley Under Water
Roman. Deutsch von Matthias Jendis

Salz und sein Preis
Roman. Deutsch von Melanie Walz
(vormals: *Carol*. Roman einer ungewöhnlichen Liebe)

Keiner von uns
Stories. Deutsch von Matthias Jendis

Der Stümper
Roman. Deutsch von Melanie Walz

Ein Spiel für die Lebenden
Roman. Deutsch von Bernhard Robben

Nixen auf dem Golfplatz
Stories. Deutsch von Matthias Jendis

›Small g‹ – Eine Sommeridylle
Roman. Deutsch von Matthias Jendis

Der Geschichtenerzähler
Roman. Deutsch von Matthias Jendis

Leute, die an die Tür klopfen
Roman. Deutsch von Manfred Allié

Geschichten von natürlichen und unnatürlichen Katastrophen
Stories. Deutsch von Matthias Jendis

In Vorbereitung:

Materialienband
(vorm.: *Patricia Highsmith – Leben und Werk*)

Suspense oder Wie man einen Thriller schreibt
Werkstattbericht

Außerhalb der Werkausgabe lieferbar:

Nixen auf dem Golfplatz
Erzählungen. Deutsch von Anne Uhde

Zeichnungen
Ausgewählt und herausgegeben von Daniel Keel
Mit einem Vorwort der Autorin und
einer biographischen Skizze von Anna von Planta

Katzen
Drei Stories, drei Gedichte,
ein Essay und sieben Zeichnungen

Carson McCullers im Diogenes Verlag

»Heute streitet man sich auch in Deutschland nicht mehr um Rang und Ruhm von Carson McCullers, deren erster Roman *Das Herz ist ein einsamer Jäger* bereits 1940 von renommierten Kritikern des englischen Sprachgebiets gepriesen wurde. Er machte die 23-Jährige auf der Stelle berühmt und gewissermaßen zur Kollegin großer Schriftsteller wie Dostojewski, Melville und Faulkner, der selber ihr Werk verehrt hat.« *Gabriele Wohmann*

»Carson McCullers erkundete das menschliche Herz mit einem Einfühlungsvermögen, das kein Schriftsteller je übertreffen kann.« *Tennessee Williams*

»Wie alle genialen Dichter überzeugt sie uns davon, dass wir im Leben etwas übersehen haben, was ganz offenkundig vorhanden ist. Sie hat das unerschrocken ›goldne Auge‹.« *V.S. Pritchett*

»In ihrem Blick wie in ihrer erzählerischen Haltung ist Carson McCullers mit Čechov verglichen worden. Der Vergleich ist nicht nur unter diesem Aspekt zutreffend, sondern auch, was den Rang angeht. Das Werk von Carson McCullers gehört zweifellos der Weltliteratur an.«
Jochen Schimmang / Die Welt, Berlin

»Was bleibt, ist ihr Werk. Es ist unvergänglich.«
Neue Zürcher Zeitung

Die Romane in vier Bänden in Kassette
In revidierten Übersetzungen und in der Lieblingsausstattung von Carson McCullers
Alle Bände auch als Einzelausgaben (Leinen) erhältlich:

Das Herz ist ein einsamer Jäger
Roman. Aus dem Amerikanischen von Susanna Rademacher. Mit einem Nachwort von Richard Wright
Auch als Diogenes Hörbuch erschienen, gelesen von Elke Heidenreich

Frankie
Roman. Deutsch von Richard Moering. Mit einem Nachwort von Marguerite Young

Spiegelbild im goldnen Auge
Roman. Deutsch von Richard Moering. Mit einem Nachwort von Tennessee Williams

Uhr ohne Zeiger
Roman. Deutsch von Elisabeth Schnack. Mit einem Nachwort von Siegfried Lenz

Außerdem lieferbar:

Die Ballade vom traurigen Café
Deutsch von Elisabeth Schnack
Auch als Diogenes Hörbuch erschienen, gelesen von Elke Heidenreich

Gesammelte Erzählungen
Deutsch von Elisabeth Schnack
Lieferbar als Schmuckausgabe (Leinen im Schuber) und als Taschenbuch
Daraus die Erzählungen ›Madame Zilensky und der König von Finnland‹ und ›Ein Baum, ein Felsen, eine Wolke‹ auch als Diogenes Hörbuch erschienen, gelesen von Elke Heidenreich

Wunderkind und andere Meistererzählungen
Deutsch von Elisabeth Schnack. Ausgewählt von Daniel Keel und Daniel Kampa. Mit einem Nachwort von Daniel Kampa
Ausgewählte Erzählungen daraus auch als Diogenes Hörbuch erschienen, gelesen von Elke Heidenreich

Die Autobiographie
Illumination and Night Glare
Herausgegeben von Darlos L. Dews. Deutsch von Brigitte Walitzek. Mit zahlreichen Abbildungen